La Maison de Poupées

et autres nouvelles

Azel Bury

La Maison de Poupées

et autres nouvelles

Edition : BoD - Books on Demand
12/14 rond-point des Champs Elysées
75008 Paris
Imprimé par BoD – Books on Demand, Norderstedt

ISBN : 978-2-322-08222-3
Dépôt légal : *dernier trimestre 2017*

Betty

Tout brille. C'est comme quand on ferme les yeux, pas tout à fait, mais presque, les paupières quasiment soudées et que la lumière fait des rayons éblouissants, forçant le passage jusqu'à la rétine. Tout brille et dans la rue, elle croise des sourires et des gens qui ont l'air contents.

Pas heureux, non, le bonheur, c'est autre chose, c'est quelque chose qu'on cache, un peu comme le malheur, c'est un truc honteux.

Betty entend les bruits, ceux d'avant les portes qui claquent et les serrures qui grincent, ceux d'avant les hurlements dans les corridors et les échos sans réponses. Les murs psychologiques sont encore debout, bien solides, bien épais. Il va falloir du temps pour se faire à l'idée qu'on peut marcher plus de trois mètres sans se cogner.

L'horizon n'est pas une vue de l'esprit, même si l'on ne l'atteint jamais.

— Tu joues avec nous, Madame ?

Elle a oublié comment c'est, un visage d'enfant. Ces yeux qui mangent le visage, et ce sourire sans dents parce que c'est l'âge d'être enfin presque grand.

— Oui, je veux bien. Mais il faut faire quoi ?

— Alors, on va jusqu'au banc à fond la caisse et celui qui arrive le premier a gagné !

Le banc là-bas, près du musicien ? Elle démarre avec un

temps de retard, prise au dépourvu et quand elle arrive, elle a perdu, forcément. Les enfants repartent aussitôt en riant. Elle va s'arrêter là, face à l'homme qui joue, c'est plus de son âge, ces bêtises.

C'est un violon, peut-être ? Elle ne se rappelle pas en avoir jamais vu des semblables. Quel âge peut-il avoir, ce musicien ? Trente ans ? Quarante-cinq ? Elle ne sait pas. Des hommes, elle n'en a pas croisé depuis le dernier avocat, ça fait un bail. Et même déjà avant dans l'autre vie, elle n'en avait pas rencontré des masses.

Peut-être qu'il vit dans la rue ? Est-ce que c'est son métier, jouer pour les passants ? Elle n'a même pas une pièce à mettre dans son chapeau. Elle s'assoit sur le banc, en face, ferme les yeux, somnole.

C'est fatigant, la liberté.

Debout depuis trois heures du matin, elle a patiemment attendu jusqu'à quatre heures quarante-cinq, l'heure des libérations. Les gardiennes lui ont souhaité bonne chance avant de la jeter dehors. Il faisait encore nuit, alors elle a marché jusqu'à la gare routière.

Elle a pris le tout premier bus, puis un autre, puis un autre, d'une gare routière à l'autre. Pas de destination précise, c'est le hasard qui tient la barre.

Elle est descendue à Bordeaux, vers les seize heures. Elle s'est demandé pourquoi elle avait faim et s'est rendu compte que personne ne lui apporterait son repas. Démerde-toi donc, ma vieille, qu'elle s'est dit.

Elle s'est assise à la terrasse d'un café et a commandé un sandwich au camembert et un café noir. Elle a compté son argent liquide, a constaté avec la carte du snack — quel vieux mot usé, comme elle — que tout était devenu très cher.

Et puis, elle a marché dans la ville inconnue, jusqu'aux enfants qui courent et jusqu'au musicien.

Il finit sa journée, lui jette un regard amusé, cette vieille qui le zieute depuis deux heures, c'est pas banal.

Il s'approche, chapeau tendu. Il a bien vu le sac, les chaussures usées, le vieux manteau de misère. On lui a rendu ses vieilles frusques, déjà démodées à l'époque, alors pense...

— On partage, Madame ?

— Oh ! Non, merci bien. Mais je prendrais bien un café, pas toi ?

Alors, les voilà bras dessus, bras dessous, la vieille cloche et le violoneux, à la recherche d'un troquet à l'ancienne, de ceux où les piliers de comptoir ne sont pas qu'une légende urbaine.

Ils sont au moins huit ivrognes à parler de la pluie, du sale temps, et aussi de la politique. Ah ces Arabes, ah ces migrants, mais non, pauvre con, c'est les riches ! Les actionnaires ! On est foutu, on va douiller avec Trump, ce faux vieux maquillé, on dirait Michou en plus laid, mais sa femme, qu'est-ce qu'elle est bonne, de Dieu !

Elle n'y comprend plus rien. Le monde, ça fait longtemps qu'il l'a dépassée, repassée, effacée. Il a tourné sans elle. Lui, il joue dans la rue, voilà c'est son job du moment. Le mois prochain, ce sera serveur, ou bien ramasseur de prunes dans le Lot et Garonne, ou bien, ou bien...

— Tu n'es pas de Bordeaux, tu n'as pas l'accent.

— Non, je suis venue par hasard... Tu sais, la nuit dernière, j'étais en prison.

— Déconne pas... vraiment ? En prison ? Une mémé comme toi, toute gentille ?

— Méfie-toi des apparences, petit...

Elle n'a pas envie de raconter, mais il insiste, alors pourquoi pas. Ça va tenir en trois phrases, son histoire, trois malheureuses phrases de rien :

— J'ai tué un homme, un jour, il y a longtemps...

Le musicien la regarde assez incrédule. Il sourit à moitié, comme en ravalant ses idées — tu mythonnes, mémé, faut toujours que je tombe sur des folles, moi, vieilles ou jeunes, toujours des cinglées —, mais elle continue :

— J'ai pris perpette. J'ai passé trente-deux ans en taule, je suis sortie ce matin. Mais toi, alors, raconte.

Il s'appelle Hector, c'est un drôle de nom pour un jeune. Mais à vrai dire, il n'est plus si jeune. Trente-deux ans, demain, c'est son anniversaire.

Il se rend compte que toute sa vie, sa belle vie, avec son enfance, son adolescence, ses amours, ses boulots, ses voyages, ses nuits, ses jours, tout ce temps où il a vu du pays, marché des centaines de kilomètres, pris des avions, quelques fois des bateaux, tout ce temps, elle l'a passé dans exactement six mètres carrés.

C'est un cauchemar, comment elle a fait pour survivre ? Pour rester là sans mourir ?

— Comment tu as fait pour tenir ? À ta place, je me serais flingué.

— J'ai fait. On se résigne. Et puis l'instinct de vie est plus fort que la mort...

— T'as dû t'emmerder, oh, là là !

Elle sourit.

Ils ont bu plus que de raison. Et puis l'heure a tourné. Hector doit rentrer. Non, il ne couche pas dehors. Elle doit partir aussi, pour aller où ?

— Tu vas dormir dehors ? T'as de la chance, il fait plutôt pas mauvais... Mais tu aurais dû t'équiper. Écoute, pour cette nuit, tu peux venir avec moi. C'est grand, ça pue, mais au moins tu ne seras pas dehors. Et demain, ben, tu vois si tu peux avoir une assistante sociale, à ton âge, tu devrais avoir une retraite, quelque chose ? Au pire, tu demanderas le RSA ? Tu pourras te trouver une piaule à toi.

Elle hoche la tête, fatiguée... C'est compliqué, tout ça.

Ils vont dans un autre quartier, là où c'est encore plus moche que le quartier précédent. Il y a des putes sur les trottoirs, des dealers dans un coin sombre.

— C'est un squat, y'a du monde, mais ils sont pas trop chiants, ça va. C'est pas comme dans l'autre merde de squat de l'année dernière, oh, cette galère, que des problèmes... Voilà. Tu peux t'installer là, ces matelas, c'est à moi, personne n'y touche. Y'a une couverture dans ce gros sac. Vas-y, sers-toi.

— Tu es gentil Hector... Je vais bien dormir...

Elle dit ça pour le rassurer, pour se rassurer aussi un peu...

Pour tout dire, elle a peur. Peur du vide. Peur du noir, peur des autres. Trente-deux ans de solitude, ce n'est pas compatible avec le désir de promiscuité. Tous ces gens la dérangent.

— Hey Hecto-bobo ! T'as ramené ta grand-mère ?

Les jeunes, assis par terre dans un coin de la salle, s'esclaffent.

— Connard… Fais pas gaffe, ils sont bourrés.

— Hey, Hecto-bobo, tu fais dans la friperie maintenant ? T'es passé gérontophile ?

Rires.

— Réponds pas, ils sont bêtes…

Elle s'assoit dans son coin, sur le bout du matelas. C'est vrai que ça pue. C'est moche. Ces murs dix-fois trop grands plein de dessins horribles… Ces idiots qui ricanent.

Vivement demain, elle partira voir la mer, peut-être. On est pas si loin.

— Hey Hecto-bobo, tu vas la sauter, la mamé ? Tu veux qu'on filme ?

Rires.

— Vos gueules, bande de débiles, un peu de respect, non ? Jamais ?

Elle partira demain, elle marchera sur la plage, très loin tout au bout. Peut-être qu'il y aura un phare ?

— Hey, Grand-maman, tu aimes les jeunes ? Tu me tailles une pipe ? Il paraît que c'est meilleur sans le dentier.

Ils rient. Betty se lève. Elle prend son petit sac en plastique. Hector lui demande où elle va, mais elle ne répond pas, alors il hausse les épaules et se couche, face au mur. Les crétins se sont tus, alors il ferme les yeux.

Ils se sont tus parce qu'ils la regardent, éberlués. Elle arrive, avec ses petits pas de vieille fatiguée…

— C'est lequel qui voulait une pipe ?

Rires. Encore des rires. Ils ne savent faire que ça... C'est donc ça la liberté, le monde, les gens... Ce tas de bêtes immondes, puantes, pleines de bêtises. L'un d'eux se lève en titubant.

— C'est moi ! Allez mémé, attrape-moi ça, je suis sûr que tu en rêves la nuit ! Vieille salope !

— Suis-moi, qu'elle dit.

Elle l'entraîne plus loin, derrière les sacs de poubelles et les cartons géants.

Il fait tomber son pantalon.

Elle sait ce qu'elle doit faire.

Demain, elle n'ira pas voir la mer. C'est trop tard, tout ça. Il s'est passé trop de temps. Elle ne veut plus de cette liberté.

Elle a vu des enfants, elle a joué avec, ça lui suffit pour ses rêves, pour tout le temps qui reste. Pour l'éternité.

Elle veut juste rentrer chez elle.

*

— Betty ! Betty ! Betty !

Ça hurle fort, elles sont déchaînées. C'est une véritable ovation. De nouveau, le bruit et la fureur, la lumière crue des lampes sans abat-jour, les échos dans les couloirs et le cliquetis des trousseaux de clés.

La gardienne la regarde presque avec tendresse.

— Bienvenue à la maison.

— Merci.

La porte se referme. Elle pousse un soupir de soulagement... L'isolement, c'est parfait, c'est ce dont elle avait besoin, après tout ça. Elle entend les femmes dehors qui racontent, alors elle met les boules Quiès qu'Hector lui a donné et s'installe sur son lit. C'est pas très grand, ici, mais au moins, ça sent le propre.

— Comment ça se fait qu'elle est déjà revenue ?

— T'es pas au courant ?

— Raconte ?

— Quand elle est sortie avant-hier, elle est allée à Bordeaux, et elle a buté un gars.

— Sans déconner ?

— Il paraît que c'est légitime défense. Un témoin a tout vu. Ils disent qu'ils étaient défoncés et qu'ils ont voulu la violer... À son âge !

— Putain, c'est glauque...

—Ouais ! Ils se sont pas méfiés. Le gars est mort, plus ou moins coupé en morceaux... Elle s'est même pas sauvée. Elle a attendu les flics, bien gentiment, dans la mare de sang.

— Putain, c'est glauque.

— Tu viens de le dire.

— Ouais, mais c'est putain de glauque !

Les pas s'éloignent.

Betty sourit.

Tout brille. Alors elle ferme les yeux, pas tout à fait, mais presque, les paupières quasiment soudées et la lumière fait des rayons éblouissants, forçant le passage jusqu'à la rétine.

Adriel

Les sept minutes que le présentateur m'avait consacrées touchaient à leur fin. L'émission littéraire, grand public, était plutôt sympathique pour une émission littéraire et j'avais bien apprécié ce moment d'attention, même si c'était toujours trop court et que j'en sortirais, cette fois encore, avec l'impression d'avoir oublié tout ce qu'il y avait d'important à dire. Michel Feuille, la grande star télévisuelle du moment, montra quelques signes d'impatience, il fallait en finir :

— Alors, pour résumer, si j'ai bien compris, il y a Irma et... l'autre s'appelle comment, déjà ?

— Il s'appelle Adriel... [cris dans le public]

— Voilà, Adriel ! [cris dans le public] C'est un peu le play-boy de la série non ?

— Alors, oui, Adriel, [cris dans le public] il est beau, grand, il est chauve, il a du charme, il est tête de mule, mais gentil, vous voyez... Intelligent !

— C'est l'homme idéal, en quelque sorte, c'est bien ça ? C'est votre genre d'homme ? Vous êtes mariée ?

— Non, je ne suis pas mariée. Pour Adriel, [cris dans le public] il faut demander à Marieta... ha, ha !

— C'est l'un de vos personnages ? On peut demander aussi à vos milliers de lectrices, peut-être ? [cris dans le public]

— Par exemple !

— Hé bien, chère Azel Bury, cette entrevue touche à sa fin, merci de nous avoir présenté vos personnages principaux et notamment le bel Adriel [cris dans le public]. Nous les retrouverons donc avec plaisir à la sortie de votre prochain roman, « Y'a pas l'feu au Lac », aux Éditions Bob le Scribouilleur. Merci encore et à bientôt ! La suite des informations tout de suite, avec la météo...

L'interview s'était bien déroulée : je n'avais pas trop bafouillé, le journaliste avait été très gentil et le public formidable. Je n'avais pas à me plaindre.

En sortant du métro, il pleuvait encore, ça suintait glacial comme des larmes gelées. Presque de la grêle... Quel temps ! Je haïssais l'hiver, qui me donnait toujours l'air cloche sous mes couches de vêtements. Il fallait que je change de manteau. Celui-ci, gris comme le ciel, commençait à craquer aux emmanchures... Se tenir droit, ne pas s'avachir. Marcher jusqu'au carrefour et tourner à gauche. Monter les escaliers, vite, éviter le sacré courant d'air à choper la mort, chercher les clés dans un sac à main dix fois trop grand, ouvrir la porte, se débarrasser du manteau — Houdini dans une camisole de force aurait été plus rapide —, jeter les chaussures, aller faire pipi et puis se vautrer enfin sur le lit, morte de fatigue. Vive le silence et la solitude... Je pensai à l'interview et à ce journaliste Michel Feuille, qui avait tant insisté sur Adriel. S'il avait pu venir faire le boulot à ma place, celui-là, ç'aurait été génial. Mais tout le monde le sait : les personnages sont trop fainéants pour faire autre chose que raconter leurs histoires dans les livres. La fatigue aidant, je m'endormis comme jamais, juste en fermant les yeux, saoulée de civilité, de politesse et de sociabilité.

Cette nuit-là, je fis un rêve bien étrange. Mon dernier roman avait pris feu dans une immense librairie, et l'incendie avait gagné la planète entière. Partout, on lisait dans les journaux ou à la télé :

AZEL BURY

RESPONSABLE DU GRAND INCENDIE

Je revivais l'interview de la veille comme une garde à vue, où Michel Feuille était un vilain policier hargneux :

— Alors, pour résumer, si j'ai bien compris, vous avez foutu le feu partout ?

— Je n'ai rien fait, je vous jure ! [cris dans le public]

— Avouez ! On sait tout ! [cris dans le public] C'est un peu idiot de mentir, non ?

— Alors, non, je ne mens jamais ! [cris dans le public]

C'était un cauchemar plutôt flippant et j'ouvris les yeux pour tenter de m'en débarrasser.

C'est alors que je vis une grande lumière, suivie d'un grand fracas, et un souffle d'air tiède balaya la chambre...

Je m'éveillai complètement, au grand jour, cette fois. Je constatai aussitôt que les volets étaient ouverts, d'où parvenait jusqu'à mon visage un puissant rayon de soleil. C'était assez étrange, car d'ordinaire, je n'ouvrais jamais les volets. Je me demandai encore comment c'était possible, et si j'avais bu la veille en rentrant, mais je savais bien que non, quand une voix me fit sursauter :

— Chérie ?

Comme je n'étais pas plus mariée que la veille, c'est qu'un homme s'était introduit chez moi.

Je mis environ deux dixièmes de seconde pour finir d'ouvrir les yeux malgré l'éblouissant lever de soleil. Devais-je répondre ? Devais-je me cacher ? Attraper mon téléphone portable ? Mais ce dernier était dans l'autre pièce avec mon sac à main.

J'eus un début de panique extrême. Mon cœur se mit à battre dans ma poitrine et mes mains à trembler.

— Chééérie ?

Il insistait, le bougre. Ce n'était pas un rêve. L'homme était bien quelque part dans l'appartement. Une télé était peut-être allumée ? L'espoir revint quelques secondes, puis je me souvins que je n'avais pas de télé. Une radio ? Je ne m'en possédais pas non plus. Il fallait que je fasse quelque chose et vite. Alors, à tout hasard, je répondis :

— Oui ? Qui est là ?

— Ben, c'est moi, marrante, WHO ELSE ? Tu les préfères beurrés, tes toasts ou bien qu'avec du miel ?

— Heuuu…

Des toasts ? Un mec qui m'appelait « chérie » se faisait tranquille un petit déjeuner dans ma cuisine. Mais qui ? Je ne me souvenais pas de la moindre rencontre, du moindre rencard… J'avais bien croisé le voisin, un certain Louis Aluca, dans le hall de l'immeuble, un petit vieux tout à fait charmant, mais c'était en partant et pas en revenant des studios de télévision. Ou alors, je devais être sacrément « beurrée », mais je ne me souvenais pas non plus avoir bu. Je n'avais pas de gueule de bois pour confirmer l'hypothèse, aussi crédible fût-elle.

— Alors ?

— Beurrés !

Tremblante, je me levai, bien décidée à aller jeter un œil et plus, si non affinités, sur l'intrus. Je passai une robe de chambre défraîchie, mes chaussons en forme de Mickey et me dirigeai précautionneusement vers la cuisine. Je cherchai une arme, un truc à balancer, mais je ne trouvai rien d'assez lourd ou d'assez contondant. Je ramassai une botte qui traînait là. Dans le couloir, je penchai la tête jusqu'à apercevoir la scène par la porte grande ouverte.

L'homme était bien là, dans la cuisine. De dos. Il était grand, chauve, en caleçon, torse nu, très musclé. Il sifflotait un air connu, en touillant dans ma casserole. Ça sentait bon. Mon estomac en profita pour geindre, et l'homme se retourna, tout sourire.

Il me rappelait vaguement quelqu'un.

— Ah ben, tu es là ! Fallait pas te lever, j'allais t'apporter tout ça au lit !

— Vraiment pas non...

— Pose cette botte, et entre donc, chérie ! Tu te sens mal ? J'espère que tu n'es pas malade ?

— Un peu, mon n'veu...

J'avançai de trois pas.

— Assieds-toi, je vais te masser le dos...

Je reculai.

— Surtout pas ! Ne me touchez pas !

— Ah, ah, tu disais pas ça, cette nuit, coquine...

Il se mit à rire, désinvolte, et croqua à pleines dents dans une pomme verte. J'osai :

— Ça va sans doute vous paraître étrange, mais... qui êtes-vous, bon sang ?

— Azel ! Tu plaisantes ?

— Non, je ne plaisante pas, je n'en ai pas la moindre idée. Vous êtes Monsieur Aluca, le voisin ? Son fils ?

L'intrus secoua la tête en riant.

— Rha là là, je vous jure, ces auteurs... C'est moi ! Ton héros préféré !

— Quel héros ?

Je ne comprenais pas. C'était une sorte de Batman ? Superman ? Spiderman, peut-être ? Mais à part un caleçon gris foncé, l'individu ne portait pas de costume particulier.

— Ton personnage ! C'est moi ! Le plus beau, le plus rigolo, le plus chouette de tous tes pantins...

J'eus soudain un petit doute... Non ? C'était... ?

— ADRIEL ! C'est moi, Adriel ! Je suis super vexé, là tu sais... Franchement, je ne te félicite pas. Un auteur qui ne reconnaît pas son personnage, c'est vraiment la loose...

Il ferma le gaz, s'assit sur le tabouret et continua à manger sa pomme. Je l'observai plus attentivement. Effectivement, il était bien conforme à l'Adriel que j'avais imaginé...

Le sosie de Jason Statham. Pas mal du tout ! Cependant, ça ne changeait rien au fait que la situation était grotesque, voire irréelle.

— C'est une blague ?

— Non, du tout. C'est bien moi. Adriel Sutton, cameraman chez Channel 12, avec Irma Ivaldi... Je suis carrément vexé, là !

— Et Irma, elle est pas venue ?

— Non, elle a pas eu l'autorisation de sortir des pages...

D'accord... C'était une histoire de fous et il fallait que je démêle tout ça.

— OK... Ad... Adriel, reprenons dès le début, veux-tu ?

Il me regarda, l'air amusé, en croquant sa pomme.

— Moi, je ne veux rien, Azel, c'est toi le chef ! Dis-moi ce que tu désires et on fait !

Comme le génie d'Aladin ? Devrais-je frotter son crâne luisant pour obtenir ses faveurs ?

— Ce que je désire ?

— Absolument !

— Tout ce que je veux ?

— Absolument tout ce que tu veux !

Puis j'eus l'illumination. Oui ! N'importe comment, et pour n'importe quelle obscure raison, il devait être cet acteur, Jason Statham ou bien son sosie me jouant une funeste plaisanterie, une caméra cachée, un complot.

Quelqu'un me faisait croire qu'Adriel avait pris vie, ce qui était évidemment impossible.

Je ricanai, moqueuse :

— Hin, hin, je vois, Adriel, ou Jason, ou qui que tu sois... Absolument tout ce que je veux ? ! Alors, soit : je veux être immédiatement dans le bureau de Stephen King à Bangor !

Oui, j'avais deux ou trois obsessions dans la vie, et Bangor en faisait partie. Adriel me regarda par-dessus son trognon de pomme, l'air surpris. Ah non, il ne s'attendait pas à ça. Et celui qui lui soufflait son texte dans l'oreillette probablement non plus... Je regardai autour de moi, guettant l'apparition d'une équipe de tournage pour une caméra cachée tandis qu'il manquait s'étouffer.

— Azel ! Je suis en caleçon ! Et tu as d'horribles pantoufles en forme de Mickey !

— Et ?

— Et si tu veux pas attendre un peu qu'on soit plus présentables ?

— Non, non ! J'ai dit maintenant !

Il éclata de rire. C'est tout l'effet que ça lui faisait...

— Soit !

Il fit un geste abracadabrantesque.

Il y eut alors un immense fracas, suivi d'une grande clarté éblouissante. Je tombai à la renverse, poussée par un souffle puissant.

— Et voilà !

J'ouvris les yeux. Nous n'étions plus dans ma cuisine.

— Hello ! Jason ? Is that you ? How... ?

Je me relevai péniblement, tenant les deux pans de mon peignoir, et levai la tête. Stephen King me faisait face, éberlué, presque autant que moi. Puis les deux hommes se mirent à discuter en anglais, naturellement, comme s'ils se connaissaient depuis toujours. Je les coupai brusquement :

— Adriel ? Où sommes-nous ? Que s'est-il passé ?

— Nous sommes où tu voulais qu'on soit, Azel : à Bangor, dans le bureau de Stephen King !

C'était un cauchemar... Que m'arrivait-il ? Je devais être malade, j'avais dû attraper la grippe et une méchante fièvre me faisait délirer... Je n'étais plus maîtresse de mes pensées.

— Mais Adriel, comment c'est possible ? Nous étions dans ma cuisine ? Regarde mes pantoufles !

— Ah, je t'ai avertie hein ! Je t'ai bien dit que tu serais ridicule ! Et moi en caleçon... Haha !

Les deux hommes se mirent à rire.

— Ma demouaselle-Azel, ha, ha ! Je souis enchanté de faire votre connoissance !

Stephen King, immense, me souriait à pleines dents. J'étais pétrifiée.

— Adriel, dis-moi, il trouve ça normal, lui ? Stephen, vous trouvez normal qu'on débarque dans votre bureau comme ça à moitié nus, sortis de nulle part ? Demande-lui, Adriel !

Il se mit à traduire et Stephen lui répondit en riant, le plus naturellement du monde.

— Il dit qu'il connaît ça. Que ses propres personnages lui font le coup régulièrement, et qu'il aime bien voyager de cette manière... Il dit aussi qu'il ne faut pas s'en inquiéter et que ça ne fait pas mal !

— Ah ! Moi je pense que c'est un truc de fou. J'ai peur, j'ai froid... Adriel, je veux rentrer chez moi immédiatement !

— Tes désirs sont des ordres ! On y va ! Bye, bye, Stephen !

— Don't be afraid, Azel ! Tenez, prenez ça !

Stephen me glissa quelque chose dans la main, puis ce fut le grand chambardement une fois de plus, la grande lumière, le grand souffle.

On était rentré depuis quelques minutes que ça allait déjà mieux. Enfin, façon de parler, parce qu'Adriel était toujours là et que c'était toujours anormal. Sentant probablement ma grande confusion mentale, il parla d'une voix suave et douce :

— Chérie, on en était où, déjà ?

— Pourquoi tu m'appelles « chérie », on a couché ensemble ?

— Bien sûr !

C'était la meilleure de l'année.

— Pourquoi je ne m'en souviens pas, alors ? Je suis sûre que tu mens...

— On peut recommencer, si tu veux...

Il s'avança, en conquérant, avec sa tête d'Adriel, mi-amusé, mi-sérieux, toujours en caleçon.

— Non, non, non ! Recule ! Je ne veux pas coucher avec mon personnage ! Est-ce que Stephen couche avec ses personnages ? Non ! Alors tu restes dans ton coin !

— D'accord, comme tu veux ! On fait quoi alors ?

— Rien, rien ! Tu repars dans les pages !

— Déjà ?

— Oui Adriel ! Tu n'as rien à faire dans ma vie... Désolée, mais ta vie à toi n'est pas réelle...

— Je suis très triste. Je pourrai revenir ?

— Je ne sais pas.

— Oh, s'il te plaît ! ? Dis oui, dis oui ! Une autre fois, ou deux ?

— Bon... D'accord... Si tu veux. En attendant tu dégages vite fait... Allez, zou !

— À bientôt, Azel...

Il me fit son sourire le plus charmeur, le plus charmant et puis ce fut la séquence éclair — bruit — souffle.

Adriel disparut.

Dans le silence et la solitude revenus, je me secouai, un peu abasourdie. Quel rêve ! Mon Dieu ! Quel rêve avais-je donc fait... Est-ce que les auteurs étaient à ce point attachés à leurs personnages que ceux-ci en devenaient palpables, vivants ? Adriel n'était jamais sorti des pages de mes romans, pas plus que Jason Statham, bien sûr... J'avais dû boire un truc pas net...

Je regardai la cuisine : rien n'avait changé depuis la veille. La vaisselle était faite, les casseroles rangées... La poubelle était vide. Mes pantoufles Mickey me fixaient en se moquant...

C'est alors que je remarquai au sol un morceau de papier froissé que je ramassai. Une main y avait écrit, d'une belle écriture, ces mots-là :

« Il faut parfois croire en ses rêves et toujours faire confiance en ses personnages — Stephen King ».

Mon cœur se mit à battre follement.

Et si tout cela était vrai ?

Je pensai à mes personnages... Adriel était certes charmant... Jesse ? Un peu too much, il pouvait faire des dégâts. Angus...

Oh oui, Angus !

De tous mes personnages, pardon Adriel, c'était peut-être mon préféré... J'essayai de me souvenir : comment était-ce arrivé ? Je ne savais plus. Adriel m'avait dit : « Il suffit de nous appeler et nous arrivons ! »

Est-ce que c'était si simple ?

Je pris une inspiration et pensai à Angus... Beau brun, cheveux longs, genre Daniel Day Lewis dans le Dernier des Mohicans... Ah oui...

J'osai murmurer « Angus... »

Et puis ce fut la grande lumière, suivie du grand fracas et du grand souffle.

An Forqoise na Gaisti

Troisième prix du concours de nouvelles MBS 2016

Vent... Horizon. Libre, libre, course, course... Chercher... Gibier...

Je le traque depuis la Grande Plaine, depuis l'aube. J'ai remarqué les traces fraîches, hier matin, au lever du soleil, d'abord dans la boue, près du Grand Canal, puis dans la nouvelle neige, jusqu'à la lisière du Froid Pays.

Satané bestiau. Il est haut sur pattes, laissant des poils au milieu des buissons d'épineux, à une hauteur inhabituelle. Plus d'un mètre dix au garrot, est-ce possible ? La neige tombe encore, effaçant peu à peu des empreintes énormes qui confirment la taille extraordinaire de l'animal.

Je marche derrière lui depuis des heures. Malgré la fatigue, je dois aller plus vite, sinon je vais le perdre. Je crois bien que je suis tombé sur le Loup Légendaire, celui dont parlent les Anciens. Le loup solitaire le plus imposant qu'on ait vu vivant. Celui qu'on ne croise qu'une fois dans sa vie, quand on a de la chance. Aujourd'hui, j'en ai eu beaucoup. Ce sera mon plus beau trophée. L'idée de rapporter sa dépouille me donne des ailes. La vente de sa peau me rapportera quelques pièces d'or.

Odeur, homme… Excitation. Vent ! Course, course, loin. Horizon. Vite, vite. Avant la lune.

Ses empreintes ne laissent plus de doute, cet animal est exceptionnel : plus de quatre-vingts kilos, peut-être cent, j'en mettrais ma main à couper. Il se dirige droit vers An Foraoise na Gaistí, cette forêt sombre au nom ancien dont je ne me rappelle plus la signification et où personne ne va jamais, tant de mauvaises prophéties l'entachent. Je me demande s'il m'a repéré, mais je ne crois pas.

Je suis équipé : bien vêtu, je ne manque ni d'eau ni de nourriture. La chasse peut durer longtemps. À cette époque de l'année, juste avant les Grands Gels, le froid n'est pas bien installé et la poudreuse avale mes pas.

Odeur, homme… Mère Forêt. Vite, vite… Homme fort… Attente.

Enfin, je l'aperçois à travers les arbres de plus en plus denses. Mes jumelles me révèlent une proie majestueuse qui défie les lois de la nature. De ma vie, je n'ai vu un pareil animal.

Le grand loup, probablement un mâle solitaire, ne m'a pas repéré : le vent m'est favorable. Il marche tranquille, assuré, il se retourne de temps en temps pour humer la brise qui souffle dans la bonne direction. Je reste invisible pour le moment. S'il me sent, il va filer, je vais le perdre. J'aurais fait toute cette marche pour rien.

Je dois lui tendre un piège. Profiter de sa fatigue pour le

dépasser et l'attendre. Je dois réfléchir, et vite. Avant la nuit.

Forêt... Paisible. Cherche chemin... Trouve. Patience, patience... Ralentir. Courir... Ralentir... Courir.

Je ne sais pas ce qu'il fabrique. Il sprinte pendant quelques dizaines de mètres puis il s'arrête en reniflant. Il cherche quelque chose, mais quoi ? Il me fatigue...

Je vais le contourner par la droite, il y a un petit sentier boueux, mais praticable, tracé par quelques sangliers. J'aperçois au loin, derrière le Loup, à cinq ou six cents mètres, un promontoire rocheux qui surplombe le chemin principal. Je repère le Loup encore une fois : on dirait qu'il se repose, presque couché sous un grand chêne. Si j'arrive avant lui, je pourrai monter et le viser entre les deux yeux quand il passera. Je vais faire un beau carton !

Cours, cours, homme... Attente. Gauche, droite, attente. Droite, gauche... Attente. Mère Foraoise... Odeur peur... Vent. Attente. Frères... ?

J'arrive au promontoire. Le rocher est impressionnant. Trente mètres de hauteur, peut-être plus. De là-haut, je pourrai tirer sans qu'il me devine. C'est raide, le chemin est étroit, je dois faire attention de ne pas tomber. Encore quelques foulées et je serai le mâle dominant.

Homme monté... Foraoise, gaisti, gaisti ! Mère... Frères, HOMME !

Je suis en haut. Le promontoire est assez large, couvert d'une couche de neige de plus en plus épaisse. D'ici, je vois toute la forêt et au-delà, l'horizon gris et glacé, presque noir. J'entends un hurlement sinistre tandis que la pleine lune éclaire déjà la cime des arbres.

Allez, Loup majestueux, voilà tes dernières minutes arrivées. Je pose mon sac, je prends le temps de souffler et je me mets en position, concentré. J'attends le bon moment. Couché au bord du vide, je t'aperçois en bas, trottinant sur la neige. Dépêche-toi qu'on en finisse, je suis prêt.

Mais... ? Tu sembles plus petit, plus blanc... Est-ce bien toi ? Je prends mes jumelles pour mieux comprendre. Et je n'y comprends rien : ils sont tous là, immobiles, silencieux.

La meute.

Je lâche les jumelles et j'arme mon fusil. Je peux les compter, ils sont bien douze, tout autour du promontoire. Le Loup majestueux, lui, a disparu. Que faire ? Rester là et attendre qu'ils passent ?

Monte, monte. Frères. Homme... Gaisti. Vent, terreur... Libre, libre... Bon Gaisti. Trouvé gibier.

Je cherche avec mes jumelles, dans la grisaille et dans les fourrés. Il doit bien être quelque part. Un grognement se fait entendre, bien trop près. Je me retourne, doucement.

Ils sont là, dans la pénombre... Le Grand loup se tient au milieu de tous, protégé par de plus petits. Il en vient toujours plus... À la queue leu leu... Je ris : le mot est bien choisi. La nuit tombe tout à fait. Si je tire, j'en tue un. Les autres me boufferont. Si je recule, je tombe... Ah, oui, je ris...

Je me rappelle maintenant...

« An Foraoise na Gaistí ».

La Forêt des Pièges.

Mais pour qui ?

Bas-fond

Il était sept heures du matin, un lundi du mois de mai. Je m'en souviens encore. J'allais bientôt prendre mon service au commissariat. Je prenais mon temps. Les voyous pouvaient bien attendre. Je buvais mon café en surfant sur la toile, relax. Le chat, pénible, miaulait pour que j'ouvre la porte, « Attends Pépère, j'arrive ! ». Quand je la vis, dans un coin de l'écran, dans l'encart « pub » de mon journal en ligne préféré.

Je fus paralysé d'effroi : même visage, même coupe de cheveux. Même sourire.

Ses yeux. Mon Dieu, ses yeux !

Camille Britton ?

Tu parles d'un nom en papier cul... C'était Sophie. C'était bien elle, malgré l'étrangeté de la photo, légèrement floue et de la coiffure que je ne lui connaissais pas. Il n'y avait aucune indication, hormis ce nom d'emprunt et un immense point d'interrogation en filigrane, presque transparent.

J'ai cliqué. Forcément.

La photo s'installa en grand sur l'écran, prenant toute la place dans mon champ de vision, comme Sophie avait pris toute la place dans ma vie, autrefois.

Les souvenirs refirent surface avec une violence inouïe : la jalousie, les tromperies, la vengeance, les coups. Le coup. Le chat pissa sur la moquette. Je fermai l'ordinateur d'un claquement sec, terrorisé.

Elle était revenue pour moi. Il fallait que j'en sois sûr. Fébrile, je filai un coup de pied au chat et attrapai mon trench-coat.

Arrivé au commissariat, j'effectuai des recherches plus poussées, pendant de longues heures. Je sortis le dossier de l'affaire SOPHIE DUREC, jamais élucidée, et pour cause. Je regardai longuement la photo de son cadavre dans une mare de sang... Mes yeux allaient de la photo à l'écran de l'ordinateur.

« Camille Britton ? »

Son portrait s'affichait dans les moteurs de recherche et son adresse Internet était simplement : camillebritton.com. Il n'y avait rien d'autre sur ce site. J'eus la bonne idée de regarder dans le code source de la page. À première vue, rien d'anormal. Au second examen, un frisson me parcourut l'échine. Un message était inscrit en clair au milieu du code, qui s'adressait à moi de toute évidence :

« Viens me voir, je t'attends sur Facebook »

J'en lâchai un cri de stupéfaction mêlée d'effroi.

Sur Facebook, je tombai sur sa page : même photo, même mystère.

J'étais le premier visiteur. Le seul qu'elle attendait. Après toutes ces années. Le pouce en l'air m'attira irrémédiablement. Mais pourquoi donc ai-je liké « Camille Britton » ?

Je ne sais pas, mais c'était la seule chose à faire car je reçus immédiatement un message privé :

« Bravo !

Si tu veux savoir qui je suis vraiment, viens demain à 14 heures, 33, quai de la Mégisserie, je t'attends, avec des surprises ! »

Je savais bien qui elle était vraiment ! C'était Sophie ! Elle m'attendait avec des surprises ? J'avais horreur des surprises. Surtout les siennes. Elle m'en avait fait voir de toutes les couleurs pendant des mois. Je n'en voulais plus de ses surprises.

Je passai une journée et une soirée agitées. Je fis des cauchemars jusqu'au petit matin, avec du sang, des cris et des courses-poursuites interminables.

Le lendemain, j'étais sur les rotules, mais à l'heure dite, j'étais à la fameuse adresse : c'était un hangar désaffecté et fermé. Je me garai devant, discrètement, ne sachant que faire. Des gens entraient, sortaient. Je ne savais pas ce qu'ils fabriquaient là-dedans, mais c'était louche. Un genre de repère pour mafieux... Ou pour drogués. Enfin... Quelque chose de pas très catholique, en tout cas.

Je pris des renseignements sur l'adresse par téléphone, via les collègues : inconnue des services de police. C'était un gang tout frais.

Ça ne m'étonnait pas de Sophie... Du temps de son vivant, elle fréquentait aussi la mauvaise pègre. Les mauvais voyous de la rue, là où je l'avais trouvée, bien avant qu'on soit amants. Elle me tendait aujourd'hui un piège dans les bas-fonds de la ville. Croyait-elle. J'en étais à ruminer mes mauvais souvenirs quand elle arriva dans un taxi. Sophie alias Camille Britton.

Elle n'avait pas changé. Belle, grande, élégante, elle portait même encore le manteau rouge qu'elle aimait tant. Comment était-ce possible ? Je décidai de la suivre dans le hangar, où il y avait foule, semblait-il.

Profitant de l'effervescence, je me faufilai derrière elle. Un gros type m'arrêta : « Invité Facebook » ?

Je répondis affirmativement et il me colla un badge sur la poitrine. Un laissez-passer pour l'enfer.

Je compris que derrière ce hangar, il y avait d'autres hangars, avec plein de suspects. Je marchai dans l'ombre, le plus discrètement possible. Je croisai des hommes affairés à d'obscurs travaux. Des femmes qui couraient, des hommes pressés. Personne ne me remarqua.

Au loin, j'aperçus Sophie.

MA Sophie. Elle était là, dans les bras d'un homme.

Salope.

Encore une fois, il fallait qu'elle me trompe ! Encore une fois, j'étais berné. Elle m'avait attiré ici pour mieux m'humilier... Je voyais son sourire enjôleur, sa nuque frêle, et la main de l'homme posée sur ses reins. Ils se disaient des choses tendres, dans leur bulle, inconscients des regards, impudiques, dans un halo de lumière artificielle.

La jalousie revint, plus mordante que jamais. J'avais perdu la tête. Je l'avais déjà tuée une fois, il y a longtemps. Il ne fallait pas qu'elle revienne. Elle et la souffrance. Elle et l'humiliation.

J'étais furieux, j'avais mon arme, je tirai.

Le coup de feu retentit dans tout le hangar.

Une voix s'éleva alors dans le silence :

« Coupez ! Mais bordel de merde, c'est quoi ça encore ? »

L'homme lâcha Sophie, qui tomba, inerte, et hurla : « On vient de tirer sur Camille ! Appelez les secours ! »

Ce fut la confusion totale. Des gens s'agglutinaient pour voir le spectacle, tandis que d'autres s'éparpillaient en courant. Je reculai dans l'ombre.

« Le métier d'acteur devient dangereux de nos jours... N'est-ce pas ? »
Une femme outrancièrement maquillée s'adressait à moi, en fumant une cigarette. Je reconnus Solange Rainard, la grande actrice de cinéma. Qu'est-ce qu'elle foutait là ? Je demandai, assailli par le doute :
— Heu... Acteur ?
— Oui, enfin : actrice ! Pauvre Camille, c'était son premier grand rôle, et son dernier... Il n'y a que les zombies qui reviennent de la mort, vous ne pensez pas ?
— Qui est cet homme ?
— L'acteur principal du film, Gérard Bignou... Vous sortez d'où ?
Elle regarda mon badge, avec une moue de dégoût :
— Ah... Facebook... Je croyais qu'ils invitaient les vrais fans... Bon, là, vu les circonstances, il n'y a plus de film, hein, tant pis pour eux, je leur avais bien dit de me choisir moi, plutôt que cette jeunette inconnue !

— Un film ?

— Ben oui : un film ! Où vous croyez-vous donc, cher Monsieur ? Sur Mars ?

Elle tourna la tête, dégoûtée de mes lacunes, et marcha jusqu'à la scène du crime, en criant, tragédienne, « Pauvre chérie ! »

Je me faufilai bien vite vers la sortie. Au loin résonnaient déjà les sirènes des secours. La police n'allait pas tarder à arriver.

Avant de me débarrasser du badge, je jetai un œil dessus :

STUDIO CINÉMATOC
Invitation Spéciale Facebook

Je retournai dans ma voiture, avant que les collègues n'arrivent.

Comme un balai

L'impact des gouttes sur le métal faisait vraiment un bruit agaçant.

Il se souvenait d'un film d'espionnage où le héros, immobilisé, était torturé jusqu'à la folie avec une simple goutte d'eau tombant sur son front toutes les secondes. Une sorte de lavage de cerveau. Le titre ne lui revenait pas, mais ce « ploc » régulier allait bel et bien le rendre cinglé.

Excédé, il eut envie d'envoyer valser son clavier, mais son roman n'avancerait pas plus vite. Il se leva et arpenta la pièce, scrutant le plafond à la recherche de l'origine de la fuite. Sans doute que la voisine du dessus avait encore oublié d'arrêter l'eau de son bain. Ce n'était pas la première fois : en décembre, il avait fait jouer l'assurance pour le remplacement de toute la tapisserie et la moquette du couloir. Ce soir, la fuite semblait un peu plus localisée. Ne voyant rien au plafond — le bureau était toujours assez sombre à ces heures de la nuit, il chercha à l'oreille : le petit bruit énervant le guida jusqu'au radiateur du fond, celui qui n'était jamais allumé, même l'hiver, tant la chaudière de l'immeuble fonctionnait mal — encore un truc à changer dans cette baraque maudite.

Dans le coin sombre, il entendit plus qu'il ne vit les gouttes tomber une à une et il eut une idée de génie pour faire taire le bruit parasite. Un petit saladier avec un torchon dedans ferait l'affaire. Sitôt dit, sitôt fait, il plaça le dispositif, simple, mais efficace, juste sous la fuite, et, soulagé, s'en retourna à son œuvre.

Deux chapitres plus tard, juste avant d'aller se coucher, vaincu par une saine fatigue et le sentiment du devoir accompli, il pensa à vérifier le bol. Sans doute qu'il s'était rempli et qu'il faudrait le vider et le replacer pour la nuit. Effectivement, il constata que le bol était presque plein.

Dans la pénombre, la couleur du torchon au fond du saladier était indéfinie. Mais à la lumière, il était évident que ce n'était pas de l'eau.

Il faillit lâcher le tout et se ressaisit prudemment. De la rouille ? De la peinture ?

Il leva précautionneusement le bol jusqu'à son nez et il huma. L'odeur douceureuse et métallique ne laissait plus aucun doute : c'était du sang.

Il eut un peu de mal à avaler sa salive. Une espèce d'excitation mêlée de peur avait remplacé la fatigue, mais ses idées restaient confuses. À deux heures du matin, il pouvait toujours appeler la police et s'en laver les mains. C'était ce qu'il fallait faire, oui. Après tout, ce n'était pas ses oignons. Est-ce que le sang coulait bien de l'appartement de sa voisine ? Il n'en était plus du tout certain. Dessinant mentalement le plan de l'immeuble, il posa le saladier sur un coin de son bureau et attrapa son mobile.

Le policier qui répondit au bout de la quatrième sonnerie n'eut pas le temps de noter quoi que ce soit. La batterie du mobile lâcha l'affaire et le laissa en plein désarroi. Impossible de mettre la main sur ce fichu chargeur.

Sentant alors monter la panique, il prit le temps de

réfléchir posément et de faire le point sur la situation : une fuite (de sang ?) venant de l'appartement du dessus (celui de sa voisine ?) laissait penser que quelque chose d'atroce s'y était déroulé ce soir même. C'était les faits, bruts. Coupé du monde à cause de ce fichu chargeur introuvable, sans aide aucune de l'extérieur, il devait faire un choix : aller vérifier sur place maintenant ou attendre le lendemain.

Il prit un somnifère et alla se recoucher.

De toute façon, si la voisine était morte, il ne pouvait rien pour elle. C'était trop tard et ça ne servait à rien de se donner des sueurs froides. Puis il pensa qu'il n'avait pas vidé le bol, qu'il ne l'avait pas replacé sur le radiateur et que dans quelques heures, il devrait nettoyer l'immonde flaque sur son parquet.

Il se releva, en sueur.

Si la voisine était morte, la police allait faire une enquête, et constater qu'il avait vidé une première fois un saladier plein de sang. Il devrait se justifier.

Le somnifère aidant, ses idées devinrent de plus en plus confuses. Il ne toucha pas le premier saladier, mais oublia d'en placer un autre sous la fuite.

Il se recoucha, épuisé. Mentalement et physiquement épuisé.

Quelques secondes plus tard, il focalisa son attention sur le « ploc » infernal qui l'avait empêché d'écrire au début de cette nuit de folie, et se dit qu'avec le somnifère, ce n'était pas bien grave. Au lieu de compter les moutons, il se mit à compter les « plocs ».

Il entendit distinctement le son des gouttes sur le métal.

Un impact toutes les cinq secondes. Concentré, il constata bien vite que les impacts se rapprochaient : un toutes les deux secondes et puis un par seconde.

Il imagina une veine bouillonnante, écumante, d'où sortaient des flots de sang pulsés par un cœur encore battant. Dans la brume de son esprit à moitié endormi, il se demanda soudainement :

ET SI ELLE ÉTAIT ENCORE EN VIE ?

L'idée jusque-là ne l'avait même pas effleuré et il se traita de con stupide. Il se leva, tâtonna jusqu'à l'interrupteur, enfila ses pantoufles et attrapa au passage un manche à balai, qu'il espéra assez solide, au cas où il devrait se défendre. Il respira un grand coup, secoua sa tête et sortit de son appartement.

À l'étage du dessus, tout était calme et silencieux. Il s'approcha de la porte de sa voisine et colla son oreille sur le bois. Pas de doute : on entendait de la musique. Elle était là. Vivante ou morte, il allait vite le savoir.

Armé de son balai, il frappa.

Il ne se souvenait plus que la voisine était aussi charmante. Brune, presque aussi grande que lui, la fille annonçait la couleur : il y avait du monde au balcon et sa robe de chambre en satin rouge ne cachait presque rien. Rouge ou tachée de rouge ?

— Oui ?

Il bafouilla, confus :

— Je... Je viens voir pour la fuite...

— Encore ? Cette fois, c'est pas moi, désolée ! J'ai pas pris de bain. Vous voulez voir ?

Il hésita, mais il fallait bien qu'il vérifie. Il ne l'avait pas rêvé, ce saladier plein de liquide - du sang ? Ou peut-être que oui ?

— Après vous !

Elle le laissa passer. Il s'avança dans l'appartement. Ça sentait si bon le parfum, peut-être l'encens à la vanille, ou à la cannelle, quelque chose de sucré.

— Allez-y, c'est tout droit, la salle de bains, au fond, vous constaterez qu'il n'y a pas la moindre fuite…

Elle l'encouragea d'un sourire ravageur. Il s'apprêta à faire demi-tour.

— Non, c'est bon, je vous crois, je vais rentrer chez moi, j'ai pris un somnifère, j'ai dû rêver. Je ne veux pas vous déranger plus longtemps…

— Hum… Maintenant que vous êtes là… Vous n'avez qu'à jeter un œil, ça vous prendra deux secondes… Et on pourra boire un verre, si ça vous dit…

Elle posa sa main sur le manche à balai, et fit un geste plus que suggestif.

— Je vous prends ce joli balai… Vous comptiez faire le ménage ?

Elle rit, d'un rire tellement joli.

— Allez-y, c'est au fond…

Sa voix était suave et tellement douce. Il suivit le couloir et entra dans la pièce.

L'odeur métallique lui sauta au visage.

Il eut juste le temps d'apercevoir les murs couverts de sang et le corps éviscéré dans la baignoire, avant de sentir son crâne se fracturer.

Il eut une dernière pensée pour la solidité de son manche

à balai.

Dans son appartement, un étage plus bas, l'impact des gouttes sur le métal s'accéléra, mais ça n'avait plus aucune importance.

Excellence

Exceller en toute chose. En tout lieu. À toute époque.

Quand rien ne dépasse, et qu'ainsi, l'harmonie est parfaite.

Brosser longuement les cheveux, les rassembler. Puis, séparer en trois mèches de même épaisseur. Alors, la mèche du dessous se pose en haut, puis celle de gauche, celle de droite, et encore la mèche du dessous, et on recommence jusqu'à la fin. La tresse est réussie, ils sont juste assez longs.

Tu peux te voir dans ce grand miroir que je tends.

La beauté et son art comblent tous les interstices, toutes les failles.

Ses ramures sont infinies comme le ciel.

On la reconnaît à sa façon d'exister, aussi essentielle que futile.

La beauté est un rempart contre la laideur de ce monde. Pourtant, on y revient toujours.

Laid est le corps qui pourrit. Laides sont les chairs écartelées, exhibant des viscères plus laids encore. Laids sont les yeux vitreux au regard éteint. Laide est la mort.

Mais la vie, Seigneur, la vie, à son ultime étincelle, la dernière, juste avant la laideur, Dieu qu'elle est belle !

Le grain de peau est doux, il n'accroche pas à la pulpe du doigt qui glisse, caresse, parcourt, explore. Je remonte un bas, je rajuste une sangle. C'est parfait.

Exceller dans son art.

Être le meilleur, même dans le pire.

Toujours.

Tu me regardes avec tes grands yeux implorants. Si je savais, ma douce, ma tendre, je te relâcherais. Je ne suis pas méchant, dans le fond, tu comprends bien. C'est que, vois-tu, je souhaite la perfection au-delà de tout. L'accomplissement a un prix, celui des corps. Pour l'âme, tu devras t'adresser à Dieu. Si tu crois assez fort en Lui, peut-être te sauvera-t-Il ? Tu vois, tout est possible. À moins qu'Il n'existe pas. C'est une éventualité fort envisageable.

Allons, pourquoi tu pleures ?

Je t'ai longuement observée à ton insu. Tu étais là pour chasser toi aussi. D'une autre manière, certes. J'ai étudié ta façon de poser ta main sur ta poitrine, comme une invitation. J'ai croisé tes regards appuyés et tes sourires enjôleurs.

Tu ne te doutais pas ?

Ta chienne de mère ne t'a donc pas appris que les hommes, tous les hommes, sans aucune exception, sont de terribles prédateurs ? C'est dans les gènes... Un mâle reste un mâle, qu'il soit humain ou qu'il soit loup, quelle différence.

N'as-tu pas déjà senti l'ambiguïté de la situation, n'as-tu jamais croisé un de ces prédateurs ? Cette infime lueur sadique dans son regard quand tu lui as souri ? Cette odeur étrange, sucrée et salée, diffusée par sa peau, en pleine production de phéromones ?

Tu pensais à quoi, quand je t'ai abordée ?

Tu croyais vraiment que j'étais séduit par ton charme, face de rat ? Tes genoux cagneux et des seins gélatineux ? Tu pensais sérieusement que j'allais te demander ton numéro de mobile et puis te reconduire ? Te rappeler dans une semaine pour t'inviter à dîner ? Tu pensais que j'aimais ton ridicule tee-shirt made in China et tes bottines aux talons usés ? Tu pensais peut-être qu'on allait juste tirer un coup dans la bagnole ?

DIS, TU PENSAIS À QUOI, SALOPE ?

Je ne suis pas un putain de dragueur.

Je suis un tueur.

Tu vois, je te soigne bien. Ce serre-tête te va à ravir. Allons, arrête de pleurer...

Ou je t'arrache les yeux.

Avec excellence.

Le Fleuve

Lauréat du concours de nouvelles,Short Édition, 2016

J'allais souvent jouer, solitaire, sous le grand arbre près du fleuve. La pluie emportait chaque jour inlassablement les échafaudages de feuilles et de brindilles que je construisais, cabanes éphémères pour mes poupées de chiffon.

Je voyais de mon promontoire les autres enfants qui, comme des nuées d'oisillons, réclamaient leur goûter et l'ayant arraché des mains quasi maternelles, dans les rires et les cris, fuyaient aussitôt se régaler du carré de chocolat providentiel.

J'attendais toujours qu'on m'appelle :

« Baô Tran ! Veux-tu venir ! Dépêche-toi ! Il ne restera rien ! »

Mais il restait toujours quelque chose. Sœur Josèphe se tenait immobile près de la grande table, tandis que les enfants s'éparpillaient, leurs trésors dans les poches. Alors, doucement, je prenais le sentier de terre.

« Dépêche-toi, Baô Tran, tu es toujours en retard ! »

Quand j'arrivais près d'elle, elle me glissait le goûter dans les mains, me donnait un baiser et une petite tape sur la tête, en roulant des yeux :

« Ça n'est pas bien de me faire attendre ! »

Mais j'avais eu le baiser, alors je partais en souriant.

Le fleuve amenait ses bateaux et ses gens.

L'orphelinat de Hoà-Khanh était une halte bien méritée pour ces marins d'eau douce. Les hommes, torse nu, déchargeaient des colis, à la pointe du jour, quand la canicule n'avait pas encore frappé. De mon lit, j'entendais les rires et les voix masculines, portés par le vent du matin. Je me levais en douce et courais me percher dans l'arbre, pour observer toutes ces allées et venues. Je restais là pendant les heures fraîches, jusqu'à ce que la voix de Sœur Josèphe me ramène à la réalité :

« Baô Tran ! Où es-tu donc encore ! »

Le soir, les travailleurs, ceux qui n'étaient pas repartis, restaient dormir dans un bâtiment un peu plus loin. Là, ils pouvaient se laver, manger, se reposer. Ils s'en iraient le lendemain matin, pour quelques jours de navigation sur le fleuve, avant de rentrer chez eux. Souvent les mêmes revenaient.

Nhân était l'un de ceux-là. Il arrivait le jeudi soir à la tombée de la nuit, juste avant le souper. La première chose qu'il faisait en arrivant était de nous faire rire. Nous entendions son cri depuis le réfectoire et nous sortions en hurlant dans la cour, pour le voir cavaler partout et sauter comme un diable. Sa tresse bondissait dans son dos comme une entité folle. Et nous riions de voir cet énergumène se débattre contre des démons invisibles.

Sœur Josèphe criait elle aussi, nous ordonnant de rentrer. Mais je voyais bien ses joues roses, et son sourire involontaire. Je voyais bien son regard vers la grande horloge peu avant le dîner, le jeudi soir, et sa façon de sursauter quand Nhân commençait à hurler. Sœur Josèphe nous laissait applaudir et nous faisait rentrer pour terminer le repas. Elle ressortait alors, avec les clés du bâtiment des marins, et nous les suivions du regard à travers les grandes fenêtres sans vitre, couple improbable et pourtant si aimant, si aimé : Sœur Josèphe et Nhân, la mère et le père que nous rêvions tous d'avoir.

Plus tard dans la soirée, les hommes buvaient un peu. Pas trop. La boisson défendue sortait des sacs et des bardas. Petites fioles d'absinthe maison, hydromel bon marché pour les plus riches, bière pour les autres, il fallait bien ça pour supporter la chaleur, le fleuve, les moustiques et la solitude.

Je me glissais quelquefois de mon lit pour aller les observer, sans me faire voir. Les plus vieux jouaient aux dominos, au mah-jong, ou aux cartes, tandis que les plus jeunes racontaient des histoires.

De retour dans mon lit, j'entendais leurs chants et leurs rires jusque tard dans la nuit. Je m'endormais en rêvant qu'un jour, moi aussi je partirais.

Un jeudi, Nhân n'est pas venu.

Je voyais bien que Sœur Josèphe attendait aussi. Ce soir-là, elle nous a fait dîner plus vite que les autres soirs. L'heure a passé, puis une autre. Les enfants n'ont rien remarqué. Mercredi, jeudi, quelle différence... La plupart d'entre nous, trop jeunes, ne connaissaient pas encore tous les jours de la semaine.

Moi, je savais.

Un autre homme est venu chercher la clé.

Dans la soirée, je suis montée sur mon arbre pour attendre et attendre. J'entendais Sœur Josèphe :

« Baô Tran ! Tu dois revenir ! Il est tard ! »

Sa voix était inquiète, mais je savais que sa crainte était pour Nhân.

Il s'est mis à pleuvoir. Je l'ai vue courir sous la pluie vers le bâtiment des hommes pour revenir quelques minutes après. Elle a hésité un moment et elle est montée vers moi, dans le sentier boueux qui salissait tout le bas de sa robe.

De mon abri de fortune, fait de feuilles de palmes, sur ma branche, je la voyais venir, essayant mentalement de lui ordonner de repartir.

« Baô Tran ? »

Elle me tendit la main et je l'aidai à monter. Elle s'assit sur la branche, et m'entoura de ses bras maternels...

Je risquai un regard vers le sien. Était-ce la pluie ?

« — Il ne viendra plus ?

— Non. »

La tempe appuyée sur sa poitrine, j'entendais son cœur qui battait à tout rompre.

Le fleuve coulait devant nous, impassible.

Jour spécial

Aujourd'hui est un jour très spécial, un anniversaire que je ne manquerais pour rien au monde.

Je ne viens pas souvent te voir, mais même un mardi, même après une journée harassante, c'est quand même la moindre des choses. Je suis parti un peu plus tôt du bureau. Monsieur Pastor, le chef de service, m'a demandé si ça allait. J'ai dit « Sophia ». Il a compris et m'a fait signe de partir. Je suis venu directement, en prenant le tram, ligne 12, celle qui me dépose devant les grandes grilles du cimetière.

Le temps est humide et les fleurs sont fanées. Maman vient de temps en temps déposer un bouquet, faire un peu de ménage, te parler de moi, aussi, elle dit que ça la détend.

Je regarde la pierre tombale, ton nom y est gravé en lettres d'or qui luisent faiblement à la lumière du jour mourant. Je me demande ce qu'il reste de toi, là-dedans, dans la belle boîte en bois précieux tapissée de soie blanche des plus pures, aux poignées travaillées comme des bijoux d'orfèvrerie, celle qu'on avait choisie minutieusement sur le catalogue des Pompes funèbres.

Ton corps a dû sécher, se racornir, tes lèvres ont dû se rétracter, figeant tes traits si doux en un sourire étrange. Il paraît que les cheveux et les ongles continuent à pousser, après la mort. Je me demande jusqu'à quel point c'est vrai, jusqu'à quel point les légendes urbaines sont pétries de réalité.

Mais qu'est-ce que la réalité, après tout : une simple vue de l'esprit. Peut-être que tu n'es pas morte, et peut-être que je le suis ? Je chasse ces idées lugubres de mon esprit.

Reviennent ces images de toi souriant à la vie. Je me souviens du chemin parcouru. Des glissades et des embûches, des sommets et des vallées, des collines et des ornières. Je me souviens de l'arrivée triomphale de l'été sur nos dos nus, du rideau orangé et d'un miroir brisé. On se raccroche à peu de chose.

Sur le marbre, l'ange me regarde et les fleurs sont toujours fanées. Je les ramasse et je les jette dans la poubelle. La pluie se met à tomber comme des larmes : tristes et froides. Il est temps de rentrer.

J'oublie régulièrement le son de ta voix, alors, dans ces moments où je me sens orphelin de nous-mêmes, cassé, perdu, j'appelle notre numéro et je t'écoute me dire « Salut ! Nous ne sommes pas là pour l'instant, mais tu peux laisser un message, on te répondra dès que possible, promis ! »

Je chuchote dans l'appareil « Sophia, c'est trop dur, sans toi, trop loin, trop long. Je suis un chien errant qui regrette son collier, il faut que tu reviennes, il faut que tu reviennes, il faut que tu reviennes, mon amour. Reviens. »

Je coupe. Je me traite d'imbécile même pas heureux et j'accélère le pas. Il faudra que j'efface mon propre message en rentrant.

La pluie me brouille la vue. Je traverse en aveugle. Stoppé dans mon élan par un klaxon rageur, je m'arrête juste à temps. Quel con, c'était moins une. La voiture passe à deux centimètres de moi. Tu dois me protéger de là-haut, ma bonne étoile. Les passants s'arrêtent et me regardent d'un œil désapprobateur. L'un d'eux fait une tête tellement pleine d'effroi que j'en éclate de rire. Ça va, j'ai rien, vous voyez bien que je suis entier ! Circulez, il n'y a rien à voir ! Je resserre les pans de mon blouson et je me faufile — excusez-moi, Madame, pardon, Monsieur — dans la petite foule de parapluies. Mais qu'est-ce qu'ils ont tous à s'agglutiner au même endroit ? Je m'éloigne rapidement sans me retourner. C'est comme si je passais à travers les gouttes, j'arrive dans ma rue presque sec. La nuit est tombée tout à fait, alors, face à l'immeuble, je remarque aussitôt les lumières dans mon appartement, au second étage.

Est-ce que je deviens sénile au point d'oublier d'éteindre en partant ? Peut-être bien. Je monte quatre à quatre. En mettant la clé dans la serrure, je constate que la porte est ouverte. Aurais-je aussi oublié de fermer ? C'est possible. Un cambrioleur ? Je suis dans un tel état de fatigue psychique que toute option est plausible. Curieusement je n'ai pas peur. Si c'est un intrus, je vais l'envoyer se faire foutre. J'avance prudemment dans le hall.

— Chéri ?

Je me fige. La sueur se met à dégouliner sur mon front. Il y a bien quelqu'un dans ma maison. Je m'avance pas à pas.

— C'est toi ? Tu es rentré tôt !

Est-ce que je rêve ? C'est pourtant bien ta voix.

— J'ai eu ton message tout à l'heure, ça m'a inquiétée, tu sais...

Alors, je te vois de dos. Mes jambes ne me tiennent plus, je manque tomber. Affairée, éclairée par le néon de la cuisine, tu portes la même robe que le jour de ton enterrement. La mauve que tu aimais tant et que tu avais tant de mal à repasser, avec ce ruban noir tout autour de la jupe.

— Mais tu vois, je suis revenue...

Tu te retournes. Ton visage est le même, un peu plus pâle, ton sourire n'est pas racorni, tes cheveux n'ont pas poussé.

— Chéri ? Tu es sûr que ça va ?

Je ne suis pas prêt. Pas comme ça. Pas d'un coup. Tu étais morte, il y a une heure, et te voilà dans notre cuisine, l'air de rien. Je dois couver un truc pas net. La stupéfaction se lit sur mon visage certainement, car tu t'approches en souriant. Ta main touche ma joue. Elle est fraîche, douce, tellement vivante, cette main-là, dont je reconnais la caresse.

Quelque chose m'échappe. Qui me parlait de « lâcher-prise » ? Ma mère ?

Je crois que c'est le moment.

Se couper en deux. Laisser une partie infime de soi dans la réalité — laquelle ? Et avancer vers la lumière. Sans comprendre, sans réfléchir. Sans analyser. Mais peut-être qu'elle sait, elle ?

— Je ne comprends pas... Tu étais... Tu étais...

— Partie ? Bien sûr, chéri, mais c'est fini, je suis revenue, tu vois, tu m'as enfin appelée !

Accepter.

C'est aussi simple que ça ? Il suffit d'appeler les morts au téléphone pour qu'ils reviennent ?

— Comment c'est possible ?

— Je suis venue te chercher, mon amour...

— Me chercher ?

Tu m'enlaces, je sens ta chaleur, j'entends le battement de ton cœur...

— Écoute, chéri, on va partir, ensemble, comme avant. Tu veux bien ?

J'ai tellement espéré. Tu m'as tellement manqué. Comment refuser ?

— D'accord... D'accord. Mais il faut que j'appelle au boulot pour dire que je ne serai pas à la réunion demain, et puis...

— Appelle tout le monde, oui. Il faut dire au revoir. C'est bien. C'est honnête.

Je prends mon portable et je cherche qui joindre dans l'annuaire. Le bureau tout d'abord, Gérard doit y être encore, à cette heure.

— Allô ?

— Gégé, je ne peux pas t'expliquer, mais demain je serai absent. Tu feras sans moi, OK ?

— Allô ?

— Tu m'entends, Gégé ?

— François, c'est toi ? Allô ?

— Gérard ? Je serai pas là demain, c'est pour t'avertir. J'espère que tu m'entends !

— Allô ?

— Au revoir.

Je coupe.

— Je crois qu'il ne m'a pas entendu.

— La ligne de ce côté est toujours mauvaise, mais de temps en temps, ça peut passer... Essaie ta mère...

Je m'exécute.

— Maman, c'est François.

— François ? Tout va bien, chéri ?

— Oui, maman, je t'appelle pour te dire que Sophia est revenue.

— François ? Allô ? Je t'entends très mal, mon grand...

— Maman ! Je pars avec Sophia.

— Sophia ? C'est l'anniversaire, je sais, oui... J'irai demain au cimetière.

— Au revoir, Maman, je t'aime...

— Je t'aime aussi, mon fils.

Je raccroche. Elle a entendu. Tu me regardes, sereine.

— Tu vois c'est l'amour... Quand l'amour est fort, la connexion est bonne... Il faut partir, maintenant.

— Déjà ? Mais où va-t-on ?

— Tu le sauras bien assez tôt, mon amour. Et puis si je te le dis, ça ne sera plus la surprise !

Magnifique, souriante, elle me tend la main.

Alors je la suis, dans la lumière.

Dehors, un carrefour plus loin, les parapluies se sont éparpillés, l'ambulance vient d'emporter le corps, il ne reste plus rien à voir.

Il suffira d'une heure

H — 60 minutes

Parfois, il suffit d'une heure, soixante petites minutes, trois mille six cents minuscules secondes, et l'on sait, on sait avec cette certitude inébranlable, que plus rien ne sera comme avant. C'est comme un film qui va trop vite. Il est tombé et ce n'était pas prévu dans le scénario. Son esprit vacille. La lumière de la torche braquée sur son visage ne parvient plus jusqu'à ses rétines. Il n'entend pas les hurlements du Chef. Il ne sent pas les bras qui l'attrapent et essaient de le redresser, il ne sait rien des mains qui tentent de le réveiller à coups de claques. Il part.

Avant...

Le mot sonne comme un rêve terminé, dont on se souvient à peine, un bout de paradis qu'on aurait juste goûté du bout des lèvres et qu'on aurait reposé dans la vitrine, pour qu'on sache bien que ça existe, mais qu'on ne pourra jamais plus s'offrir.

Elle pense :

L'air n'est plus le même depuis ce soir-là. Il est pesant comme un secret trop lourd, étouffant comme un remords qu'on ravale, enivrant comme un parfum de femme. Quoi qu'il en dise, cette petite « aventure » a des conséquences sur leur vie, les empoisonne.

Premièrement, il ne dort plus. Il écoute de la musique avec ses écouteurs, et quand il en a assez, il sort sans rien dire. Elle pense qu'il va la voir, l'autre, la rivale dont elle imagine le visage, plus frais et le corps plus ferme. Il rentre au matin, fatigué, les yeux rougis et la mine blême. Il l'évite. On dirait un amoureux transi. À son âge, c'est ridicule. La crise de la quarantaine n'est pas une légende, mais c'est sans aucun doute l'épreuve de la vie la plus stupide qui soit, surtout pour les autres.

Deuxièmement, il fait chambre à part. Il dit que c'est pour son bien, pour qu'elle dorme mieux, il dit qu'il ronfle en ce moment, et que ses angoisses l'empêchent de rester immobile dans un lit. Mais il ne veut pas voir le psychologue du travail. Il dit que ça passera, que c'est un mauvais moment, qu'il gère ça tout seul. Tout seul ou avec l'autre ? Elle est prête à pardonner ses écarts, mais il ne faut pas que ça dure trop longtemps. Sa patience a des limites, même s'il l'assure de son amour éternel. Il faut qu'elle sache. Elle ne peut pas compter sur ses amis et collègues : ils ne lui diront rien, ils se soutiennent tous, solidaires jusqu'au bout, dans ce milieu. Elle doit le suivre plus discrètement.

Troisièmement, il s'est mis à manger pour quatre. Le frigo est vide tous les deux jours et il réclame de la viande à tous les repas. On lui a appris que quand l'appétit va, tout va, mais elle commence à penser le contraire : quand l'appétit va, chez lui, tout déconne.

Avant. C'était les matins calmes, respiration tranquille, juste au bord de l'éveil, quand les paupières s'ouvrent à peine. C'était les premiers regards et les premiers sourires, la mèche que l'on soulève du doigt et la caresse sur la joue. C'était le cœur qui s'emballe, sans raison.

C'était la tasse de café au bureau, après le déjeuner, et le premier SMS :
Comment tu vas ? Bien ?
Oui, puisque tu m'aimes...

Il se souvient :
Les trois hommes en civil, armes en joue, sens aiguisés, avançaient prudemment dans le noir, dans cette espèce de labyrinthe de portes, de murs écroulés et de bouts de trucs indéfinis, mous, dégueulasses, puants. Leurs torches éclairaient suffisamment le spectacle et ils pouvaient jurer que de toute leur carrière, ils n'avaient jamais rien vu de pareil.

Manu le premier sentit ses jambes fléchir, ce n'était pas bon signe, si tôt le matin. Il regrettait le café bu à la va-vite et le bol de céréales abandonné.

Le Chef n'en menait pas large non plus, avec son mouchoir appliqué sur le nez, plus par habitude que pour l'odeur, tout à fait supportable, tant les événements étaient récents. Mais son système olfactif fonctionnait à la mémoire. Si tout ce qu'il avait sous les yeux devait puer la charogne, alors ça puait, pas besoin de le vérifier.

Lucas, le troisième homme, au bord du malaise, hoqueta :

— Chef, je crois que je vais vomir.

— Retiens-toi, Lucky Luke, ou dépêche-toi de sortir, il y a bien assez de cochonneries comme ça sur les lieux.

Sous l'ordre de son supérieur, Lucas s'est barré en courant, tandis que Manu retenait le flot de bile qui lui remontait dans l'œsophage. Le Chef était blanc comme neige. Ses yeux étaient exorbités, révulsés par le dégoût.

Il faut dire que la surprise était énorme. Ils s'attendaient à trouver des hippies ou des punks à moitié drogués, une affaire banale, des dealers en manque, quelques mecs bourrés, un coup de surin, peut-être, ça arrive souvent. Une overdose, à la limite. Mais ils avaient trouvé une véritable boucherie : partout autour d'eux, il y avait des morts. Décapités. Démembrés. Éviscérés. C'est un pur magma de chair, de tripailles, et de morceaux de membres éparpillés.

Manu tenta vainement de compter le nombre de victimes ainsi disséminées dans toutes les pièces du squat. À la dixième tête, il laissa tomber.

C'était frais : le sang qui s'accumulait en flaques noires dans les couloirs n'était pas encore sec, le massacre avait eu lieu la nuit même, dans les heures ou les minutes qui précédaient. Ils pataugeaient, prenant soin de ne pas écraser des pieds, des mains, ou des morceaux d'intestins. C'était casse-gueule, ils s'accrochaient littéralement aux murs.

Le Chef avait dit une connerie, du genre : « Je plains le Doc. Putain de puzzle. Il va s'emmerder à reconstituer les corps. »

Ils s'étaient alors mis à suffoquer de rire, nerveusement, devant le ridicule du spectacle obscène qu'ils avaient sous les

yeux. Le Chef continuait à s'interroger à voix haute, surexcité :
« On dirait que tout est mélangé. Mon Dieu, quel est le putain
de malade capable de faire ça... C'est quoi ? Une explosion ? Je
vois pas d'impacts, c'est pas des balles... »

Manu imagina une espèce de mitrailleuse géante
découpant les gens au hasard, dans un vacarme
assourdissant. Mais les murs étaient plutôt nets alors qu'ils
pouvaient s'attendre à les trouver criblés de trous. L'idée ne
tenait pas la route.

Du bout de sa lampe, le Chef montra un bout de bidoche
sanguinolente, assez gros et lisse pour avoir été, très peu de
temps auparavant, une cuisse de femme. Il dit : « Regarde...
On dirait que la personne a été... Bouffée ? » On voyait
nettement les traces de plusieurs morsures, dans le vif de la
chair. Il continua : « J'espère que ce détraqué est parti...
Sérieusement. Sinon je donne pas cher de sa peau. »

Il jeta un coup d'œil circulaire et poursuivit, un peu plus
fort, comme pour se faire clairement entendre : « Non,
finalement, j'espère qu'il est encore là. Pour la même raison. »
Il était prêt à se le faire.

Toujours est-il qu'il fallait rester prudent, si le taré était
encore dans les parages, planqué dans un coin, et ce n'est pas
les coins qui manquaient, ce devait être le genre de type à
attaquer à la machette, par-derrière.

Il leur restait cette moitié de couloir, vers le fond du squat.
Le Chef a dit : « N'y va pas, faut attendre les renforts ». Et puis
Manu a vu une porte ouverte, sur la gauche. Il a pensé que le
fils de pute était peut-être planqué là, à attendre le meilleur
moment pour leur sauter dessus. Il fallait qu'il en soit certain.

Il a dit : « Chef, je vais voir derrière, juste là, et je reviens vite, juste un coup d'œil rapide ».

Le Chef, a braqué la torche dans l'ouverture, a jaugé la dangerosité, puis il a hoché la tête : « Va et sois prudent, on sait jamais. »

H — 30 minutes

C'est comme un film inachevé. Ses organes ont cessé de fonctionner. Son cœur ne bat plus dans sa poitrine. Son sang commence à se figer. Il ne sent plus les cahots de la route, il ne sent plus les sangles qui l'attachent à la civière. Il ne voit pas le drap qu'on remonte sur son visage. Il n'entend pas la sirène de l'ambulance.

Mort clinique.

Avant, Il aurait râlé : Il n'aimait rien moins que les habitudes, que ce soit dans son métier ou dans sa vie privée. Il lui fallait du sport, de l'adrénaline et des surprises. Ses certitudes sont tombées d'un seul coup : il a suffi d'une heure.

La sonnerie du téléphone le sort de sa rêverie. Il a beau savoir, il faut malgré tout continuer et faire semblant que tout va bien. Lucas répond avant lui, et lui annonce, mi-agacé, mi-moqueur :

— C'est bon, Manu. C'est le Chef, on peut y aller. Alors, mauvais garçon, tu te dépêches ou tu prends des vacances ?

— J'arrive. Pars devant, je te rejoins au parking.

Lucas s'en va en claquant des semelles. Manu prend sa plaque, son flingue, sa veste. Son temps. C'est une opération délicate, comme toujours, néanmoins fort ordinaire : encore une planque de dealers à vider, quelques mecs à choper, la routine. Il prend ses « vitamines ». La tranche de barbaque au fond de la glacière est fraîche, il se dépêche de l'avaler discrètement. Aussitôt, un regain d'énergie fait place à la fatigue habituelle.

Manu rejoint Lucas au parking. Ils prennent la vieille bagnole de fonction banalisée, celle qui leur est réservée 24 heures sur 24. Les voitures de police, c'est bon pour les uniformes et c'est bien trop voyant pour leurs missions dans ces quartiers pourris où la discrétion est de mise.

— Ah, te voilà enfin, magne-toi, camarade, on va être en retard.

— Ils nous attendent toujours, surtout à six heures du mat. On va les trouver morts ou dans le coaltar, comme d'habitude.

— Ouais, enfin, j'espère que ça sera pas comme en novembre, hein, on va éviter... Il s'est passé quoi, ce jour-là dans ce squat, tu m'as jamais expliqué ? C'est quoi qui t'as choqué à ce point ? La bestiole, ça m'étonnerait. C'est pas la douleur non plus, t'en as supporté bien plus, à ma connaissance. Je suis parti cinq putain de minutes, bordel...

Manu soupire :

— C'était tout en même temps, sans doute, plus la tension et le dégoût, la fatigue. La douleur a été terrible, fulgurante. J'aurais préféré un coup de taser.

Il se souvient :

La porte ouverte donnait sur un espace sombre, dont on devinait qu'il était exigu, mais suffisamment grand pour cacher un homme, un genre de placard à balais ou des toilettes. Il était entré et il avait dirigé sa torche vers le fond. Il lui avait semblé qu'un drap suspendu à une corde d'étendage bougeait un peu. Un frémissement, comme une onde légère dans le pli du tissu. C'est là que le truc l'avait blessé. C'était un rat, peut-être ?

Instinctivement il avait éclairé son pied, et ce qu'il avait vu, ce qu'il avait tu à sa femme et à ses collègues dépassait l'entendement.

Deux yeux rougis le fixaient. Il avait secoué la jambe, de toutes ses forces pour faire dégager l'espèce d'animal vorace qui s'en prenait à sa cheville, qui lui bouffait le mollet. Le truc avait fini par lâcher prise et il l'avait envoyé bouler derrière le rideau.

Au bord de l'évanouissement, il avait eu la force d'appeler. Le Chef s'était pointé et avait gueulé qu'il avait le pied en charpie. Il lui avait arrangé un garrot de fortune avec sa ceinture de cuir et l'avait sorti de là. Assis par terre à l'autre bout de la pièce, loin du placard, Manu l'avait entendu appeler les services sanitaires et les renforts pour la énième fois. Et puis il avait perdu connaissance.

— C'était quoi, comme bestiole ? Un rat ? Un chien ? Un ragondin ?

— Une tête...

— Oui d'accord, une tête. Avec des dents. Mais une tête de quoi ?

— Une tête de femme.

— Une femme ? C'est une femme qui a fait ce massacre ? Qui t'a mordu ? Putain de tarée ! Elle était armée ? Elle est passée où, on a rien trouvé dans le bâtiment. Elle s'est cassée avant l'arrivée des secours ? Tu as donné le signalement ?

Manu hocha la tête, presque tristement :

— Tu ne comprends pas. Le Chef non plus n'a pas compris : c'était juste une tête... Il n'y avait pas de corps.

Lucas le regarda en penchant la tête, mi-stupéfait, mi-amusé. Il prit le temps de répondre, choisissant prudemment ses mots :

— Je comprends... Tu as eu un genre d'hallucination. Peut-être que le tueur a balancé un gaz avant de partir ? D'où mes nausées, tu vois tout s'explique ! Et ta blessure, c'était pas trop grave ?

— Oh, c'était rien, finalement... Plus de peur que de mal.

Il ne pouvait pas lui raconter que la plaie béante de sa jambe à laquelle il manquait la valeur d'un bon demi-kilo de viande juste après l'attaque, s'était reconstituée et refermée comme ça, inexplicablement, en l'espace d'une petite heure.

— Tant mieux... Je m'en suis voulu d'être sorti, tu sais... Cinq minutes... Je suis parti souffler cinq petites minutes... Et...

— Il n'y pas mort d'homme... Enfin je me comprends...

— Sacré Manu, t'as pas perdu ton sens de l'humour en tout cas ! « Il n'y pas mort d'homme », qu'il dit... C'était juste un charnier géant !

Lucas se mit à rire tandis que Manu pensait que tout de même, il n'avait pas rêvé. Ni réussi à sauver sa peau.

Il n'avait pas pu lui dire non plus que désormais, il priait Dieu chaque matin pour que tout soit en place, à son retour à la maison, après le stress de la journée et ses cortèges de faits divers. Il priait pour qu'elle soit encore là pour l'accueillir, le soir, dans le salon, un verre à la main et un sourire aux lèvres, mais rien n'était moins sûr.

Il priait, pour que la vie reprenne avec ses matins calmes, jour après jour, avec leurs blagues et leurs gestes tendres coutumiers, avec leurs disputes futiles et leurs textos de rattrapage, mais c'est comme si l'un des deux avait triché à l'examen et que l'autre avait fait semblant de le réussir.

H — 15 minutes

C'est comme un film qu'on rembobine. Le sang circule de nouveau dans ses veines. Son cœur a des sursauts étranges. Il entend le cri de surprise, il sent la panique, les pas et l'agitation tout autour de lui. Il n'ose pas ouvrir les yeux. Pas encore. Rester encore un peu dans l'autre monde, où tout est calme et tranquille. Les vivants s'occupent de lui.

Manu était tombé dans les pommes pendant une heure, soixante petites minutes, trois mille six cents minuscules secondes et il ne savait pas ce qu'il s'était passé dès lors, jusqu'à son réveil à l'hôpital. À la grande surprise du Chef qui, dans le squat, à la vue de la plaie et du sang, l'avait pensé plus amoché que ça, on lui donna la permission de sortir. L'évanouissement avait été mis sur le compte du choc et de la fatigue accumulée. Ils l'avaient laissé partir en lui disant qu'il allait bien, que sa blessure était superficielle, que c'était comme un miracle et qu'il avait eu de la chance.

Dehors, dans l'air frais du matin, tout lui arrivait d'un coup : les odeurs, les sons, la lumière. Comme avant. Avec des choses en moins, avec des choses en plus. Il n'était pas rentré tout de suite. Il avait roulé sans but, tout un jour, toute une nuit avant de prendre le chemin de la maison. Pourquoi ? Il n'aurait su le dire. Il avait été confus. Tellement confus. Puis il était rentré. Depuis, tout était différent.

Avant. C'était les recettes du soir qu'ils essayaient pour la première fois, qu'ils rataient invariablement en riant, qu'ils mangeaient quand même parce qu'il y avait de l'amour, dedans, et qu'ils avaient faim. Tous ces moments ensemble, leurs jours, leurs nuits. Elle. Lui. Eux.

Avant...

Il pense :
C'est sa énième nuit sans dormir. Il ne savait pas qu'on pouvait tenir autant. Il roule depuis longtemps, sans savoir où il va.

Il l'a vue dans le rétroviseur. Elle pense qu'elle est invisible, peut-être ? Ou invincible ? Deux ou trois voitures les séparent, c'est bien elle, dans sa petite berline blanche et noire. Il faut qu'il la sème. Elle doit tout ignorer. Les femmes sont décidément trop curieuses, toujours. Elles ne savent pas ce qu'elles risquent et elles pensent détenir la vérité absolue, alors qu'elles sont juste de trop dans l'histoire, comme ces gosses ou ces chiens qui traînent dans les pattes et qu'on se retient toujours d'envoyer bouler dans leur coin avec un bon coup de pied aux fesses.

Quelques-uns des hommes qu'il a eu l'occasion d'envoyer en prison pour longtemps pourront l'affirmer : une femme et sa foutue curiosité sont souvent à l'origine de leur perte.

C'est sa femme, mais elle le fait chier, toujours à fouiner, toujours à se prendre pour la cible de toutes les conspirations de la planète, comme s'il avait quelque chose à lui cacher, à elle en particulier, comme si elle était le centre du monde. Elle l'emmerde, et il doit mettre un terme à son petit jeu ridicule.

Il se rabat d'un coup sur la bande d'arrêt d'urgence et pile dans un crissement de pneus impressionnant. Elle passe en ralentissant, alors il fait semblant de téléphoner en regardant ailleurs. Il attend qu'elle soit un peu loin dans la file, coincée, il la voit qui tente de ralentir l'allure, mais elle est prise au piège du flot des bagnoles. Il met le gyrophare et fait un demi-tour sec, à la dure, en coupant tout le monde sur les deux files. Ça klaxonne dur, mais il en a rien à cirer. Le principal c'est qu'elle est larguée.

Mais combien de temps tiendra-t-il la distance ?

H — 1 minute

C'est comme un film qui recommence. La vie n'est plus la même. Et c'est pourtant la vie, encore un peu, avec tout en moins, avec tout en plus. L'air n'était plus le même, son odeur à lui semblait différente. Il y avait sur sa chemise, quasiment masquée par son après-rasage viril aux senteurs boisées, quelque chose d'incroyablement subtil et féminin. Un autre parfum. Le parfum d'une autre.

Elle vient de le passer, il l'a vue. Ce salaud vient de feinter et il repart dans l'autre sens, sirène hurlante, la laissant à sa paranoïa. Pourtant, elle n'invente rien. Elle avait tellement insisté pour savoir ce qu'il s'était réellement passé qu'il avait raconté une histoire de flics. C'était assez logique, après tout c'était son boulot. Elle avait tant insisté qu'il l'avait regardée en coin, comme pour mieux se souvenir. Au début, il n'avait voulu lui donner aucun détail sur l'étrange mission, c'était confidentiel. Mais elle avait voulu en savoir plus sur la frayeur qu'il avait eue ce matin-là, et sur sa disparition subite juste après son séjour à l'hôpital. Il lui avait simplement montré une blessure superficielle, une petite estafilade sur la cheville gauche, « sa blessure de guerre », comme il disait, pour preuve de ce qu'il s'était passé. Comme elle avait voulu en savoir plus, toujours plus, il lui avait décrit, dans l'urgence, presque en colère, un spectacle morbide, une scène digne d'un film d'horreur.

Elle ne croit pas à son histoire. C'est tellement peu crédible. Il est comme un roc depuis des années et il devient comme un petit garçon fragile, pour une petite égratignure de trois fois rien. Toutes ces années à ses côtés, elle s'était demandé comment il pouvait en supporter autant. En absorber autant, et que rien ne paraisse, jamais, dans son quotidien, chez eux, à la maison. C'est comme s'il avait une double personnalité : d'un côté le policier qui gérait du mieux qu'il pouvait la mort, la violence, le désespoir et la misère humaine, les suicides, les meurtres et les accidents ; de l'autre, l'homme si aimant et si gentil, insouciant, préparant des mojitos à la perfection et la faisant rire avec ses blagues de collégien.

Les flics sont psychopathes ou schizophrènes pour arriver à tant de dualité. Burn-out ? Dépression subite ? Alors pourquoi déclarer qu'on n'a pas besoin d'aide et que tout va pour le mieux ? Quelque chose ne collait pas. C'était le roi des menteurs.

Il pense :

Pourtant, le goût de la chair, il ne l'a pas plus qu'avant. Il se sent comme un végétarien qui n'aime pas les brocolis. C'est un moyen de survie. Non, il se corrige : c'est le seul moyen de survivre.

Il a bien tenté de rester à jeun une journée, deux jours maximum, après c'est la catastrophe : les yeux deviennent vitreux comme atteints de glaucome, la peau se transforme en quelque chose de flasque et mou, les cheveux tombent, et il perd la mémoire. Alors il mange, à contrecœur.

Lors de ses virées nocturnes, il choisit longuement son prochain repas. Il a mis en place une sorte d'éthique : ne manger que les hommes, les mauvais, ceux qui puent la haine et la méchanceté à trois kilomètres à la ronde. Il sait très bien repérer leur odeur âcre douce bien caractéristique. Il ne se trompe jamais. Ces hommes-là sont bien plus nombreux qu'on ne peut penser, ils sont absolument partout, comme de la vermine. Ce quartier, c'est comme les égouts pour les rats :

un refuge pour les détraqués, les pervers et les salopards en tout genre.

Il lui revient de temps en temps des odeurs d'avant. D'avant les soixante petites minutes, trois mille six cents minuscules secondes, où tout a basculé.

H — 0

Il se souvient de l'odeur de sa peau, de son toucher exceptionnellement doux. Il se souvient de son goût. Il n'a plus jamais retrouvé une saveur pareille. Sans doute parce qu'il n'a plus jamais aimé.

C'était ça, c'était le goût des choses qu'on aime, des gens qu'on aime.

C'était le goût de la tasse de café au bureau, après le déjeuner, et le goût des mots doux :

Comment tu m'aimes ?
T'es tellement bonne que j'en mangerais.

Parce qu'il y avait de l'amour, dedans, en elle, dans la moindre de ses cellules, vivantes ou mortes, et qu'il avait faim.

Elle. Lui.

Eux.

Avant.

La maison de poupées

Dans la pénombre de l'immense grenier, Baptiste, silencieux, et c'était une chose rare, était en contemplation, fasciné par sa découverte. C'était la première fois qu'il visitait le grenier tout seul, alors il avait eu un peu peur de croiser un rat ou une chauve-souris, mais aucune bête n'avait dérangé son exploration.

C'était une maison de poupées.

Il avait failli la louper tant ce coin du grenier était sombre, mais la lumière indirecte d'un vasistas crasseux s'était reflétée une fraction de seconde sur quelque chose, alors il avait été plus attentif.

Au milieu d'une pile de cartons racornis, elle était là, imposante, massive, presque vivante. Comment avaient-ils pu passer à côté, le matin même et les jours précédents ? Il ne se souvenait pas l'avoir vue, pourtant presque certain qu'ils avaient fait le tour du grenier, avec maman et papa, le soir de leur arrivée, et lorsqu'il était monté, plus tôt dans la journée avec Maman, pour entreposer quelques cartons vides, il en était presque sûr, la maison n'y était pas. Le « presque » devait faire toute la différence, car il n'en était plus du tout certain, à présent.

Malgré tout, il s'approcha, curieux des détails. Qui l'avait placée là ? Sans doute que personne ne lui répondrait. C'était trop vieux. Peut-être qu'elle avait toujours fait partie des meubles, après tout, comme probablement la grande horloge du hall ou l'antique fourneau à bois de la cuisine. La grande bâtisse que papa nommait pompeusement le manoir » n'était pas entièrement vide quand ils étaient arrivés, Maman avait dit qu'ils feraient du tri, au fil des mois. Le travail allait être colossal.

Le modèle réduit était assez haut, peut-être de la taille de Baptiste, et même un peu plus, un mètre trente de la base au faîtage. Il n'avait jamais vu une telle maison de poupées, aussi réaliste dans ses moindres détails. Il se souvenait d'un des jouets de sa cousine Gina, rose et bleue, avec des oursons et des arcs-en-ciel, un jouet tout en plastique où la fillette rangeait ses poupées, mais celle-ci était bien différente : on aurait cru une vraie et il s'attendait presque à voir apparaître un minuscule lutin par la petite porte d'entrée.

Il s'approcha et scruta l'objet minutieusement. Couverte de poussière, la maison attendait sagement qu'on vienne nettoyer ses tuiles et ses colombages. Les petites fenêtres étaient assez grandes et assez nombreuses pour qu'on y voie à l'intérieur des petits meubles et des personnages de la bonne dimension, tous vêtus différemment. Les fenêtres étaient bien scellées, et pour mieux voir à l'intérieur, il aurait fallu ouvrir la maison, comme une grande valise. Il chercha des charnières sur le côté, mais n'en trouva pas. Le mécanisme devait être ailleurs, plus subtil. Le toit ne se soulevait pas non plus. Tournant autour de la bâtisse, tâtant à l'aveugle sous les tuiles miniatures, parcourant des doigts les pierres et les niches, il ne trouva rien que de la poussière et d'antiques toiles d'araignées.

Enthousiasmé par sa découverte, Baptiste, les mains sales, redescendit prudemment par l'échelle de meunier et sortit en courant par la porte de derrière, en passant par la cuisine. Dans le jardin, sa mère étendait des draps.

— Maman, maman !

— Qu'est ce qu'il t'arrive ? Tu as vu un fantôme ?

Catherine rit en découvrant le petit garçon couvert de poussière grise. Cela faisait une semaine à peine qu'ils avaient emménagé dans cette immense demeure et que son petit gars fouinait partout. Il y avait tellement de pièces à découvrir qu'il s'était même perdu ce matin. Ce n'était pourtant pas un château, mais une grande maison de maître sauvée in extremis de la ruine. C'était un beau projet de vie : elle et Sam avaient trimé dur toutes ces années pour pouvoir se payer leur rêve. Une fois rénové, le manoir serait un hôtel de luxe et une source de revenus conséquente. Pour l'heure, on en était encore à déballer les cartons, à faire le tri, et à nettoyer les carreaux.

Le petit garçon était rouge d'excitation :

— J'ai trouvé une maison de poupées !

— Ah ou ? Dans le grenier ? C'est bizarre, je n'y ai vu que des cartons, ce matin, c'était dans l'un d'eux ?

Baptiste haussa les épaules

— Non, je ne sais pas, elle était juste là. Elle est sale, je vais la nettoyer, tu veux bien ?

— Si ça t'amuse… Ne mets pas de l'eau partout ! Et attention, ne tombe pas !

— Promis !

Baptiste récupéra ce qu'il fallait sous l'évier de la cuisine et remonta au grenier. Il se mit au travail. Durant une bonne heure, il épousseta, savonna, sécha et lustra les quatre façades de la structure miniature. Quand il eut fini, il recula pour mieux voir le résultat. C'était splendide. La façade avant comportait un perron avec de toutes petites grilles forgées, exactement comme... Il eut une illumination, et lâcha son chiffon. Il fallait que maman vienne voir.

Un étage plus bas, il appela :

— Maman, maman ! Tu es où ?

— Par ici, mon coquin !

La voix venait de la gauche, il prit le couloir principal et en passant, jeta un œil dans chaque porte ouverte. Sa mère était affairée dans la quatrième chambre. Défraîchie, la pièce était vide de meubles excepté une commode un peu laide en bois brillant. Les murs d'un rose fané montraient les emplacements vides de tableaux qu'on avait enlevés

Maman demanda

— Alors ? Tu as bien travaillé ?

— Oui, elle est toute propre ! Elle est magnifique !

— Super... Peut-être qu'on pourra la descendre du grenier, qu'en dis-tu ? Je n'aime pas trop que tu montes là-haut, on n'a pas vraiment inspecté les planchers...

— Comme tu veux ! Tu sais quoi ? La maison, c'est la même !

— La même que quoi ?

— La même que notre maison ! C'est ici, mais en tout petit !

— Je vois ! Il faut que tu me montres ça !

— Viens, viens, viens !

— J'arrive !

Elle monta derrière lui, en riant. À huit ans à peine, son petit garçon était tellement plein d'énergie. Ce déménagement était bénéfique pour tout le monde. Partir de la ville n'avait pas été un choix facile, mais la joie de Baptiste lui prouvait à chaque instant qu'ils avaient eu raison de le faire.

— Regarde, regard !

— Ah, quand même !

Elle ne s'attendait pas à un tel monument. Stupéfaite, comme Baptiste quelques heures auparavant, elle resta bouche bée devant le jouet. Mais ce n'était pas vraiment un jouet, plutôt une œuvre d'art.

— Je comprends pourquoi tu y as passé l'heure ! C'est immense !

— Comme ici !

— Oui, effectivement c'est une réplique miniature de notre chère bâtisse... C'est excellent !

Fascinée, elle se mit à genoux pour mieux l'inspecter. Les colombages étaient parfaitement reproduits, les fenêtres à l'identique, c'était assez troublant.

— Tu as réussi à l'ouvrir ?

— Non, je n'ai pas pu, il n'y a pas de verrou.

— On regardera ça avec Papa... Elle doit forcément s'ouvrir, les poupées sont bien entrées quelque part... C'est magnifique, regarde, il y a des tasses à thé sur la table !

— Oui et une baignoire, là !

— Il y a cinq poupées, peut-être toute une famille...

— Peut-être. Dommage qu'on puisse pas ouvrir.

— Tu crois que c'est collé ? Je vais la soulever pour voir si on peut facilement la déplacer.

Elle attrapa la maison par le dessous, et doucement la souleva d'un côté... Rien ne tomba. Tout était bien fixé à l'intérieur.

— Elle n'est pas si lourde, on pourra la descendre si elle passe l'ouverture... Mais je pense que oui : elle est plus étroite que large... En attendant, viens, on va faire le dîner et attendre papa, d'accord ?

Ils laissèrent tous deux le grenier et la belle maison de poupée avec regret.

Le soir, Papa fut ravi de la découverte de Baptiste. Il admira la modélisation sous toutes ses coutures et en conclut que ce serait certainement une plus-value pour les affaires de l'hôtel. Une si belle maison de poupée pouvait amuser, voire attirer la clientèle. Il décida qu'elle trônerait au milieu du grand salon et qu'elle serait l'attraction majeure de la maison.

À deux, il fut assez facile de descendre la maison du grenier, même par l'échelle de meunier, bien empaquetée dans d'épaisses couvertures en cas de choc et sanglée pour mieux l'attraper. Ils installèrent précautionneusement la miniature dans le grand salon, face à l'entrée principale, devant les grandes fenêtres que le soleil arrosait généreusement.

Plus tard, c'est là que les clients seraient accueillis. La pièce était claire et si vaste qu'on aurait pu y organiser un bal. Le plancher de bois précieux, intact, et les rosaces délicates du haut plafond témoignaient encore d'un temps faste et luxueux, bien loin de la ruine qu'il avait achetée.

Ainsi placée, la petite maison avait la même position que

la grande, le perron vert l'est. Ils purent admirer à loisir l'intérieur de la petite bâtisse.

Ils reconnurent la cuisine, avec la même cuisinière à bois, et le salon plein d'objets et de mobiliers divers. Il leur fut impossible de trouver le moindre mécanisme d'ouverture. Papa en conclut qu'elle était définitivement scellée, et que ce n'était pas plus ma : rien ne se perdrait, rien ne se détériorerait. Baptise pensa que c'était bien dommage. Il aurait bien aimé jouer avec les petits personnages, les déplacer dans les pièces

Tu penses que c'est une antiquité ?

— Je ne sais pas, chérie, je n'y connais rien dans ce genre d'objets... Faudra vérifier sur Internet, peut-être.

— En tout cas, elle a été ouverte au moins dans les années soixante.

— Comment tu peux savoir ?

— La mode ! Regarde la poupée en minijupe.

Des poupées, il y en avait cinq, toutes très différentes. Papa chercha du regard :

L'une était rousse, avec une belle robe à crinoline. Une autre, celle dont parlait maman, était brune, en minijupe à carreaux. Dans une autre pièce encore, une blonde portait une robe à fleurs et en dentelle. Les deux autres personnages étaient des garçons. L'un était un genre de poulbot, avec une casquette un peu grande qui lui tombait sur les yeux, et le second avait un tablier d'école gris et des chaussettes blanches, comme au début du vingtième siècle.

Maman proposa en blaguant qu'on meuble les pièces vides à l'identique, mais Papa rétorqua en riant que ce serait plutôt difficile et que ça prendrait des années avant de trouver les meubles correspondants et encore en fouillant toutes les brocantes de tout le pays, sans compter que ce serait une ruine pour leur budget.

Les jours suivants, Baptiste revint souvent admirer la maison de poupée, puis il s'en lassa. Peu à peu, le manoir, le vrai, se remplit d'autres meubles plus contemporains et plus pratiques. L'hiver fut un incessant ballet d'ouvriers et de matériaux. Les trous furent comblés, les plâtres poncés. Chaque pièce reprit des couleurs, chaque fenêtre fut habillée de tissu occultant, chaque chambre reçut un lit ou deux, et au printemps, tout était fin prêt pour accueillir les estivants.

Baptiste avait pris ses marques, tant dans son immense demeure qu'à sa nouvelle école, et au fil des mois, il oublia peu à peu la maison de poupées.

Et ce fut de nouveau l'été, les vacances, la liberté d'aller et venir presque partout. La différence c'est que la grande maison ne lui appartenait plus tout à fait. Baptiste eut un peu de mal à accepter de croiser tous ces inconnus chez lui, dans ses couloirs et dans les chambres qu'il avait eu tant de mal à apprivoiser. « C'était le business qui voulait ça », avait dit maman, « Dans un hôtel, on loue les chambres », avait rajouté papa.

Il y en avait huit à disposition, soit tout l'étage. Au rez-de-chaussée, ils avaient aménagé un petit appartement privé, avec deux petites chambres et une salle de bains, ainsi qu'une pièce à vivre, où Baptiste faisait des dessins et jouait quand il pleuvait dehors. Quand l'aménagement de l'établissement fut terminé, Baptise reçut l'interdiction d'aller traîner dans les parties de l'hôtel réservées aux clients, même quand il était vide. Il devenait persona non grata partout au second étage. Il s'amusa à défier l'interdiction tant que l'Hôtel des Tilleuls était vide, mais le jour J arriva, celui de l'ouverture officielle.

L'Hôtel afficha rapidement complet et se remplit de couples fortunés et de voyageurs solitaires souhaitant un séjour dans le calme et la sérénité. C'est dire que non seulement Baptiste fut interdit de second étage, mais il fut sommé de ne pas courir, de ne pas crier ou bousculer les gens dans les couloirs. Vivre ici devenait un peu compliqué pour un enfant de presque neuf ans. Les enfants étaient rares parmi la clientèle. Alors il fut content lorsque Julie arriva, début juillet, avec ses parents.

La petite fille avait son âge et n'était pas aussi timide que lui. Elle portait une salopette à rayures et une casquette rouge cachait tant bien que mal une grosse touffe de cheveux frisés. Dès les premiers instants, elle l'entraîna partout pour jouer, dehors, dans les allées du parc, puis dans les bosquets alentour, puis dans les couloirs du second étage, malgré l'interdiction. Son endroit préféré à elle, c'était le grand salon : elle passait de longues minutes chaque jour à observer la maison de poupée dans ses moindres détails. Elle n'en avait jamais vu d'aussi jolies, d'aussi complètes et comme Baptiste à sa découverte, elle était fascinée.

Ainsi, elle avait pris l'habitude de saluer les petites poupées chaque matin, ainsi ils décidèrent de leur donner des prénoms.

— La rousse, dans la chambre bleue, c'est Marguerite !

Baptiste pouffa :

— Ce sont les vaches qu'on appelle Marguerite !

— Ma tante s'appelle Marguerite, mais ce n'est pas une vache... Marguerite c'est un nom ancien, regarde sa belle robe, c'est une princesse ! Elle joue du piano dans le grand salon, il y a peut-être un bal, ce soir ? Elle tient un petit bouquet de violettes tout mignon.

— Bon, et la brune ? s'impatienta Baptiste, qui trouvait ces histoires de robe et de bouquet complètement ringard.

— Celle-là, dans la chambre rouge, c'est Françoise. Comme Françoise Hardy. Elle est coiffée pareil. Elle lit un livre, tu as vu ? C'est écrit tout petit...

— C'est qui, Françoise, heu... Zardy ?

— Une chanteuse du siècle dernier que maman aime bien. Un truc de vieux quoi, t'occupe.

— Et la blonde, alors, dans la cuisine ? Elle boit du café ! C'est la bonniche ?

— Du thé, pas du café ! C'est... Vanessa. C'est romantique, comme sa jolie robe en dentelle, tu ne trouves pas ? Ce n'est pas la bonne, non, je ne pense pas : elle n'a pas de tablier.

— À moi de nommer les garçons !

— Si tu veux.

— Lui, là, qui est dans la chambre jaune, on dirait qu'il sort d'un dessin animé, avec sa grosse casquette et ses godillots : Rémi sans famille. Donc, voilà Rémi !

— Et le dernier, dans le hall, avec son ballon ?

— Ah, le dernier... De quelle époque il peut bien venir ?

— On dirait un écolier du temps de mon grand-père, celui

qui est mort l'an dernier... J'ai déjà vu une photo de lui petit, il avait ce genre de blouse toute grise et toute moche avec un short et des chaussettes hautes... À l'époque les enfants portaient des uniformes et des tabliers, tous pareils.

— Il s'appelait comment ton grand-père ?

— Édouard.

— Top ! Alors, Françoise, Marguerite, Rémi, Édouard et Vanessa, bon séjour à l'Hôtel des Tilleuls !

— Au moins ceux-là, ils ne partiront jamais.

— Jamais !

La première semaine de vacances allait bientôt prendre fin, quand Julie, vers dix heures ce matin-là, l'appela en criant :

— Baptiste ! Baptiste !

Le ton affolé de la petite fille le fit réagir au quart de tour. Il laissa tomber ses crayons et ses papiers pour courir vers elle.

— Quoi ?

— Viens vite, viens, viens ! Viens voir !

Elle avait les yeux grands ouverts, et l'on pouvait y lire un mélange de peur et d'incompréhension. Il la suivit dans les couloirs jusqu'à la maison de poupée.

— Regarde, Baptiste !

— Quoi donc ? Tu l'as cassée ?

— Non ! Regarde, mais regarde !

Sa voix suraiguë lui tapait sur le système. Il fit le tour de la maison, et rassuré, ne constata aucun dégât. Les fenêtres étaient tout entières, quel que soit le côté de la maison.

— Elle est intacte, pourquoi tu cries si fort ?

— Mais Baptiste ! Regarde ! Françoise !

Il se pencha plus en avant... Françoise, Françoise, c'était, heu... Celle avec la jupe courte et les bottines blanches... Elle n'était pas tombée de sa chaise et tenait toujours son livre à la main.

— Eh bien quoi, Françoise ? Accouche !

— Elle a bougé !

— Pas du tout, elle est assise, elle lit, comme l'autre fois.

— Elle a changé de pièce !

— Qu'est ce que tu racontes...

Il tenta de se rappeler la dernière fois... Mais il ne se souvint pas.

— Elle est dans la chambre à fleurs là. Hier elle était dans la chambre rouge !

— Tu es sûre ?

— Oui ! C'est toi qui as ouvert la maison ? Comment tu as fait ?

— Ben non, personne ne peut l'ouvrir sans la casser, elle est scellée. Tu dois te tromper.

— Je suis sûre qu'hier, elle n'était pas là.

— Et les autres ?

— Les autres n'ont pas bougé.

— C'est étrange.

— On va filmer pour mieux s'en rappeler !

Ils partirent et revinrent en courant près de la maison avec la tablette numérique de Baptiste. Il mit la caméra et le micro en marche, et tout en filmant, puis décrit à voix haute tout ce qu'il voyait dans la maison de poupées.

— Françoise lit dans la chambre à fleurs.

Il fit un zoom sur la figurine, ajusta le focus, chose pas tout à fait aisée à travers les fenêtres, mais la lumière intense qui venait de l'extérieur facilita la tâche. Il passa rapidement à la poupée suivante :

— Vanessa boit son thé dans la cuisine.

— À moi ! Rémi joue dans la chambre jaune et Édouard est dans le hall avec son ballon. Et la dernière elle fait quoi ?

— C'est Marguerite qui joue du piano dans le hall.

— Voilà, tout est bien enregistré. On vérifiera tous les jours.

Ils se tapèrent dans la main et vaquèrent à leurs occupations : Julie partit en visite guidée au château voisin avec ses parents, tandis que Baptiste aida sa mère à plier des draps.

Le lendemain, tout était normal. Aucune des poupées n'avait bougé. Julie avait probablement rêvé, finalement. Les vacances, ce n'était pas de tout repos. Il fallait marcher dans des lieux improbables comme des musées ennuyeux et se demandait si elle n'aurait pas préféré rester ici à jouer avec Baptiste plutôt que de suivre ses parents en excursions quasi quotidiennes.

Cependant, en observant attentivement à travers chaque fenêtre, elle remarqua une autre anomalie.

Une porte s'était ouverte : une de ces petites portes minuscules dans le fond d'une des pièces.

C'était une bibliothèque, assurément : des étagères remplies de livres miniatures décoraient les murs. Julie tourna autour de la bâtisse pour essayer de situer chaque centimètre de l'espace. Elle ne se souvenait pas d'une vraie bibliothèque à l'étage. Mais elle n'avait la permission d'entrer que dans la chambre que ses parents avaient louée pour le mois, alors quid des autres pièces ? Il fallait qu'elle sache ce qu'il en était exactement. Elle décida de mener l'enquête, toute seule. De toute façon, Baptiste n'avait pas l'autorisation de monter à l'étage et elle ne voulait pas qu'il se fasse gronder. C'était son affaire à elle : trouver la bibliothèque, même si elle se doutait que si une telle pièce avait un jour existé, peut-être que rien n'en subsistait. Cependant, cette porte qui s'était ouverte seule l'intriguait au plus haut point.

Elle observa la maison de poupée encore une fois. Elle avait beau fouiller dans sa mémoire, elle ne se souvenait pas d'une porte ouverte. Elle vérifierait sur la tablette de Baptiste, mais ils s'étaient concentrés sur les petites poupées et pas sur le décor. Il était peu probable que cette porte-là, située en fin de couloir, eut été filmée.

La pièce dont la porte était désormais ouverte se situait à gauche du grand escalier. C'était bien celle toute au fond du corridor du premier, où elle n'allait jamais parce qu'il y faisait très sombre. Elle mémorisa mentalement la position de la porte et courut regarder le plan d'évacuation en cas d'incendie dans le hall.

Voilà, nous y étions. C'était donc la chambre numéro 6. Elle attendit patiemment que le calme revînt dans l'hôtel après le petit-déjeuner et lorsqu'il n'y eut plus aucun signe de vie, elle monta à l'étage. Elle regretta la tablette numérique de Baptiste, mais elle allait devoir faire sans.

Elle suivit le couloir à partir de l'escalier. Un petit

ascenseur qui ne fonctionnait plus, une antiquité, se trouvait juste après. Le corridor devenait de plus en plus sombre, chambre après chambre. Curieusement, il lui semblait que, plus elle avançait, moins les lampes étaient fortes. La chambre 3 et la chambre 4 se faisaient face. Puis la chambre 5 et la chambre 6.

Mais toutes étaient fermées.

Elle pensa que Baptiste aurait pu voler la clé de service pour quelques minutes, afin d'explorer ces pièces fermées. Elle se dit aussitôt que le risque était grand et qu'ils n'étaient pas aussi téméraires. Et puis c'était des chambres, pas des bibliothèques.

Elle allait redescendre, déçue de son exploration stérile, quand un grincement sinistre se fit entendre dans son dos. Le cœur battant, elle se retourna, persuadée que, prise en flagrant délit de fouinerie, elle allait se faire gronder par un client retardataire ou par la maman de Baptiste elle-même, mais il n'y avait personne. Le couloir était vide. Dans le fond, tout au fond, là où l'instant d'avant il faisait si noir qu'on ne pouvait rien distinguer, s'ouvrait une porte. Mentalement, elle revit la maison de poupée et sa minuscule porte ouverte dans le fond, sur un couloir qu'on devinait.

C'était donc cette porte, et ce couloir.

Elle ne s'était pas trompée. La faible lueur qui en sortait par l'ouverture n'avait rien de la lumière du jour, pourtant si forte à cette heure de la journée. Elle supposa qu'à l'intérieur de la pièce, il y avait une lampe, et qu'il s'agissait de la fameuse bibliothèque. Elle avait trouvé ce qu'elle cherchait.

Elle attendit quelques secondes, ne bougeant pas d'un millimètre, s'attendant à voir surgir un homme ou une femme de la pièce ouverte, et s'avança prudemment. Elle songea un instant à aller chercher du renfort, à prévenir Batiste, mais elle n'aurait su où le trouver à cette heure matinale. Probablement qu'il dormait encore. Et probablement que si elle s'éloignait, la porte serait fermée à son retour.

C'était le moment ou jamais.

Aucun bruit ne lui parvenait de la porte. Elle imagina une vieille personne qui lisait installée à un bureau comme dans les contes de fées. Elle décida d'en avoir le cœur net.

La porte n'était pas tout à fait ouverte. Elle la poussa, et entra.

À l'intérieur, c'était bien comme dans la maison de poupées. La bibliothèque était inoccupée mais les murs étaient couverts de livres anciens du sol au plafond et au milieu, sur un tapis oriental, trônait un bureau de ministre, avec une lampe ancienne au verre coloré et au pied en cuivre. Il y avait deux grandes fenêtres, sur deux murs contigus, c'était donc bien l'angle de la maison, mais on n'y voyait rien à travers, comme s'il faisait nuit. Les volets étaient probablement fermés, se dit-elle. Puis elle se rappela que, dans les chambres, si de lourds rideaux occultaient le jour, les fenêtres n'avaient pas de volets.

La curiosité l'emporta sur la crainte. Elle fit rapidement le tour des rayonnages, et se trouva face à une autre porte, fermée à clé. Elle se dit qu'elle avait fait une sacrée découverte et que Baptiste allait être un peu jaloux de le savoir. Il fallait qu'elle aille le trouver et qu'elle lui montre tout ça.

Une voix d'enfant l'arrêta dans son élan.

— Qui es-tu ?

Elle se dit qu'un autre gamin s'était perdu dans les couloirs, et que c'était lui qui avait ouvert la porte, farceur, l'attendant sous le bureau pour la surprendre. Mais, elle en était certaine, il n'y avait que trois enfants dans l'hôtel, Baptiste, elle-même et son petit frère qui ne parlait pas encore. Elle se retourna vivement vers la voix.

La petite fille devait avoir son âge. Peut-être un an ou deux de plus. Elle portait une belle robe en satin beige qui brillait légèrement. Elle tenait un étrange bouquet de violettes dans l'une de ses mains.

Dans l'autre, elle avait un petit livre ouvert pas bien épais. Un livre d'enfant.

— Est-ce que tu vas te décider à parler ?

Son visage était sévère, elle avait l'air agacée de cette intrusion fortuite et attendait une réponse.

Julie parla d'une voix mal assurée :

— Je suis une cliente de l'hôtel... Je ne savais pas qu'il y avait une bibliothèque.

— Tu parles... Tu mens comme tu respires !

— Hein ? Mais...

— Il n'y a pas de « mais », on t'a vue, toi et l'autre nigaud. Depuis qu'on est descendu du grenier, on vous observe...

C'était aussi clair qu'improbable. Est-ce que cette fille en robe de soie, bien vivante et si désagréable était bien la blonde qui buvait son café dans la maison de poupée ? Julie secoua sa tête, incrédule.

— Marguerite ?

— Non ! Ça, c'est le nom ridicule que tu m'as donné, crétine ! A-t-on idée d'appeler les gens comme des vaches ? Je m'appelle Augusta. C'est un peu plus de mon rang, ne trouves-tu pas ? M'as-tu confondue avec une paysanne ? pfft !

Si Marguerite avait pris vie, alors les autres poupées ne devaient pas être très loin. Julie se dit qu'elle rêvait probablement. Ou que Baptiste lui jouait une farce.

— Tu es seule ?

— Ah, tu veux voir mes amis, c'est ça ? Je vais te les présenter, c'est de bonne guerre. Viens.

La porte du fond, l'autre, qui donnait sur le couloir, s'ouvrit comme par magie. Marguerite, enfin, Augusta passa le seuil et disparut. Julie se demanda si elle devait la suivre ou partir en courant, aller trouver ses parents et tout leur raconter.

— Alors tu viens ?

La voix était pressante de l'autre côté, alors elle suivit.

Augusta l'attendait dans une grande chambre que Julie reconnut aussitôt, la chambre rose. Les murs et les meubles étaient en tout point identiques à ceux de la maison de poupées.

— Il n'y a pas de clients dans cette chambre ?

— Il n'y a que nous, idiote.

— Comment ça ? Nous sommes dans un hôtel, il me semble.

— Dans un hôtel ?

Elle se mit à rire aux éclats, rouge d'hilarité.

— Hé, venez — là, vous tous, venez admirer l'idiote du village !

Un à un, presque timidement, ils entrèrent dans la chambre rose. Augusta les lui présenta :

— Jeremy, enlève un peu ta casquette pour saluer notre invitée.

Le petit garçon était vêtu comme sa petite figurine jumelle. Il en était de même pour les trois autres.

La brune, Françoise Hardy, se nommait Camille. Elle portait la même minijupe à carreaux, avait les mêmes cheveux longs et lisses, séparés par une raie au milieu. Ses grands yeux un peu inquiets scrutaient la nouvelle arrivée.

Vanessa se prénommait Léa, et ne semblait pas souffrir du froid malgré sa jolie robe en dentelle qui dévoilait ses bras nus. Édouard aussi était là. Il annonça qu'il s'appelait Marcel en tripotant un morceau de craie blanche qu'il avait sorti des poches de son tablier gris d'écolier. Ses joues rondes lui donnaient un air tendre et juvénile. C'était encore un bambin de quatre ou cinq ans.

Françoise, Marguerite, Rémi, Édouard et Vanessa étaient dans cette réalité Camille, Augusta, Jeremy, Marcel et Léa.

—Ça va être compliqué pour me souvenir...

— Appelle-nous comme tu veux, pour ce que ça change... Mais si un jour on t'appelle autrement, ne viens pas te plaindre, tu sauras pourquoi.

— De quoi parles-tu ? Qui va m'appeler autrement ?

— Oh, pas nous, pour nous tu seras à jamais Julie, la petite curieuse… Mais les autres, de l'autre côté, ceux qui regardent…

Augusta lui fit son plus beau clin d'œil avant de se retourner en riant :

— Bon, c'est pas tout, mais j'ai un livre à finir. Tu nous excuseras.

Ils disparurent aussi vite qu'ils étaient apparus. Julie fût tentée de les suivre, mais pensa qu'il valait mieux qu'elle reparte. Elle retourna, seule, dans la bibliothèque. Mais la porte par laquelle elle était arrivée était fermée.

— Hey, c'est pas drôle ! Ouvrez la porte !

Elle tira, frappa, poussa, cogna : rien à faire. Il n'y avait pas de serrure, c'était comme si le bois de la porte était collé au chambranle. Pire, c'était comme si la porte était sculptée dans le mur : elle ne voyait aucun interstice, aucun rai de lumière, ni sur les côtés ni dessous. Comment était-ce possible ?

— Tu pourras pas l'ouvrir, on a tous essayé.

Édouard, enfin… Marcel, le plus petit des enfants se tenait à ses côtés, l'air désolé.

— Explique-moi ce que tu fais ici, Marcel. Comment es-tu entré ?

— Je te dis que la porte ne s'ouvre pas.

— Non, je veux dire, toi, comment tu es arrivé ?

— Ici, dans cette maison ?

— Oui. Ça fait longtemps que tu es là ? Comment tu rentres chez toi, le soir ?

— C'est ici, chez moi. On ne peut plus rentrer. Jamais. C'est fini.

— Comment ça, on ne peut plus rentrer ? Il doit bien y avoir un moyen ? Comment es-tu arrivé ?

— Comme toi : j'ai vu la porte de la bibliothèque ouverte, et je suis entré.

— Tu étais dans l'hôtel ? Je n'ai pas vu d'autres enfants dans l'hôtel. Pourquoi ?

— Pour moi, ce n'était pas un hôtel, c'était juste le pensionnat... Je dormais dans le dortoir des garçons, juste à côté. Et un matin, avant les cours, j'ai vu la porte ouverte. Depuis, je suis ici, avec les autres. On s'entend bien. Tu t'y feras, tu verras.

— Et tes parents ils ne se sont pas inquiétés ? Ils ne t'ont pas cherché ?

— Bien sûr que si. Mais la maison n'était pas dans le grand salon, comme aujourd'hui. Elle était là où tu l'as trouvée : dans le grenier.

Il prit un air pensif, comme si ses souvenirs étaient lointains.

— Le grenier... Nous y allions tous, à tour de rôle, c'était notre grand secret à nous, les pensionnaires. Les gardes-chiourmes n'y montaient jamais, on était tranquille pour jouer, mais il ne fallait pas se laisser prendre. Sinon c'était la punition assurée. Je me suis fait prendre, mais par la maison. Je crois bien.

— C'est incompréhensible ce que tu me racontes ! C'est une histoire de fous ! Et les autres aussi, alors, ils sont piégés ?

— C'est ça. Je crois que tu as bien compris la situation. On ne sortira plus jamais. Ni toi, ni moi, ni aucun d'entre nous.

Prise de panique, Julie se mit à taper des deux mains sur cette maudite porte qui ne s'ouvrait pas.

Elle appela pendant des heures avant de s'effondrer à même le sol, épuisée.

Personne ne retrouva Julie, jamais plus.

L'hôtel fut fouillé de fond en comble, tous les clients interrogés, le parc ratissé, le plan d'eau sondé, mais nul ne revit jamais la petite fille.

L'hôtel se vida très vite cet été-là. Dès le 2 septembre, personne n'occupait plus aucune chambre du premier étage.

Et quand il fut l'heure de faire ses adieux pour l'hiver, une dernière fois, à la maison de poupées, Baptiste remarqua alors la sixième figurine.

Elle se tenait derrière une porte.
On pouvait lire l'effroi sur son petit visage.

Elle portait une salopette à rayures et une casquette rouge.

La Ruelle

Second prix du concours MBS 2015

Ce n'est pas du tout ce que vous croyez, la brume, là, dans le coin de la salle. La brume, ce n'est pas la brume, c'est mon rêve, vous comprenez ? Ainsi, je marche dans la ruelle sombre, celle où l'on ne m'attrapera jamais, l'Impasse du Non-Retour.

Mon cœur cogne à ma poitrine... J'ai un peu froid.

Je me souviens des jours anciens. Du puits et du pommier en fleurs. Il faisait bon. Et quelqu'un m'appelait...

J'ai froid, mais je n'ai même plus peur. Je les entends venir, les bourreaux, ils sont bruyants. Ils rient. Je perçois surtout la voix de la femme masquée. Haut perchée, sa voix, comme elle probablement, sur ses talons, quand elle sortira d'ici, dans quelques heures. J'ai entrevu sa silhouette. Elle m'a fait mal, je lui en veux un peu. Je l'ai croisée dans une autre vie, un autre couloir blanc, une autre ruelle.

Avant qu'ils décident de ma vie.

L'homme bavarde puis se tait, le regard métallique. Il procède méthodiquement. Il fouille d'un geste mécanique. Il fouine. Il fait son boulot de grand inquisiteur psychopathe, tandis que je pousse un cri silencieux. Personne ne m'entendra hurler à la mort. Il a tout prévu depuis longtemps... Le plan est rodé, mais personne ne connaît encore la fin du match.

Car, non, ce n'est pas du tout ce que vous croyez, la lame s'enfonce dans la chair... Tout ce sang.

J'ai l'air de me plaindre, mais ce n'est même pas douloureux. Je prends sur moi. C'était mon jour. Je laisse un chien, un livre, une bague, un presque rien. Je ne me souviens pas du reste... Tout va trop vite.

Je m'endors un peu. On s'occupe de moi... La lame est insidieuse et ce rire insolent m'explose les tympans... Oh, cessez ! L'heure n'est plus à la plaisanterie, c'est du sérieux, terminez, vite !

Ils me ligotent, je ne peux pas partir, me lever, m'en aller. Ce serait trop facile.

Alors je fuis quand même. Je rêve, prisonnière de ma ruelle du Temps Perdu... Allez, elle me mènera bien quelque part, pavé après pavé, je m'avance dans l'ombre... Mais on me tient par le cou, on me tire parla taille, par la peau des mollets, voie sans issue. Je m'en retourne... Ils sont là encore, pour me faire souffrir...

Il faut alors que je sois forte. Faire face à mes bourreaux.

Ce n'est pas ce que vous croyez : l'homme savoure sa victoire, pour un moment, les mains ensanglantées. Tout ce sang... Mon sang. Je me recroqueville, j'en ai tellement perdu. Je me vide peu à peu et de mon âme, aussi...

Je me souviens des jours heureux, les chants des enfants de la grande section de maternelle et leurs peintures colorées sur les murs de l'école...

Je me vide de tout, y compris de mon passé. Ça fait du bien, cette légèreté. J'aurais juste voulu connaître leurs noms. Celui de la femme masquée, celui du tailladeur fou. Je les ai sus, pourtant. Il y a cent ans, ou une heure. Je ne vois que leurs yeux... Un autre est là, que j'aperçois à peine, en retrait. Il s'occupe de m'étouffer... Et d'ailleurs je suffoque. Il travaille bien, le bougre, avec conscience. Moi je la perds, la conscience, et je sombre un peu plus.

Je me souviens de mon 23e anniversaire. Pourquoi celui-là, pourquoi pas 22 ou 24, je ne sais pas. Je compte les bougies : 23.

Ce n'était pas ce que vous croyiez, ah non : l'homme a dit : c'est fini. La femme, elle, soupire. Déjà ? Ils s'amusaient bien. Moi aussi. J'avais trouvé un coin à l'abri sous une porte cochère imaginaire, là où la brume ne m'atteint pas... J'étais bien, solitaire, dans mes rêveries, à écouter le vent...

Je me souviens de l'océan à perte de vue et de la falaise... L'odeur de l'herbe fraîche.

La femme masquée ne rit plus. L'étrangleur panique un peu : « Non, elle va revenir » qu'il dit... Non, je ne veux pas revenir ! Lâchez-moi, arrêtez ce massacre, je ne dirai plus rien ! Laissez le sang, laissez la vie s'écouler par le trou grillagé, devenir ruisseau dans le fond de la ruelle...
Mes bourreaux se taisent... Ils font leur job. L'un est

occupé à surveiller mon souffle, l'autre est occupé à fouiller encore mes entrailles... La femme sort, revient... Bruits étranges, cliquetis inquiétants...

Je me souviens de la poussière et des genoux écorchés. La balançoire à la branche du grand chêne.

Je prends mon élan et je m'élève.

La ruelle n'existe plus... Le ciel s'ouvre.

Je vois mon corps. Je n'ai plus froid.

La femme enlève son masque. Elle est jolie. Elle ôte ses gants d'un geste sec... L'homme s'occupe de moi, encore un peu, puis il abandonne, vaincu :

« Merde, on l'a perdue »

Un dernier regard et il sort. La salle d'opération se vide. Les infirmières rangent.

Je reste là, en attendant la morgue.

Renaissance

En revenant, il l'a croisée, Boulevard de la Décrépitude, ou Impasse des Solitaires, il ne sait plus bien. À force de marcher en regardant par terre, on finit par suivre un talon. Un mollet. Rond et doré comme de la brioche... Une cuisse cachée sous la jupe... Un fessier qu'on devine sous les lourds vêtements d'hiver. Maudits soient les manteaux, le froid des marbres et les bouquets fanés.

Il l'a suivie comme un crevard le long des quais, jusqu'à la nuit. Ce n'est pas bien sérieux, à son âge, deux fois dix-sept ans. Les voici arrivés square des Veufs.

Ce parc a un nom à coucher dehors et il s'y sent comme chez lui, forcément. Cette nana le fait déjà sourire, sans qu'il ait encore vu son visage. C'est donc là qu'elle l'a emmené, ce soir, à la lune, et par le plus grand des hasards.

Pour elle, ce n'est pas un lieu inconnu : elle a toujours aimé cet endroit, désuet comme le temps. Les bancs doivent dater du XIXe siècle et les massifs de fleurs sentent si bon au printemps. Il n'y a jamais grand monde, c'est tranquille. Elle est en avance pour le boulot, mais comme elle a horreur de faire du zèle, elle préfère encore attendre l'ouverture du bar où elle travaille sur ce banc.

Elle tient son livre : la foule des furieux. C'est le titre, une histoire glauque avec du sang, des tripes, un de ces pavés bien saignants comme elle les aime. La lecture l'empêche de s'ennuyer tout à fait. Elle n'aime pas rester dans son appartement : les murs, c'est bien, mais vus de dehors. Alors, tous les jours, elle part tôt et elle se promène longtemps au hasard des rues. Puis, à six heures, elle va bosser, comme tous les soirs. Routine...

Il s'est assis juste en face d'elle... Ce n'est pas les bancs qui manquent à cette époque de l'année. Il va bientôt pleuvoir, mais comme en avance, la foudre vient de tomber, silencieuse : il a vu son visage.

Le cœur d'un homme, quand c'est tout sec, ça prend vite feu.

Sa main à elle, posée sur la couverture du livre, est comme la promesse d'une caresse oubliée.

Ô, belle statue de chair... Dieu fasse qu'elle lui donne l'envie de se battre encore un peu, juste une vie ou deux. Il sait que c'est ridicule.

Elle, elle l'a déjà vu, ce mec. Celui qui s'est assis en face, discrètement, mais pas assez. Il se secoue un peu, il a un vieux journal mouillé, on dirait un chien perdu. Sans collier. Elle se dit qu'il est pas si mal, ce beau brun, avec une barbe de trois jours et un vieux blouson en cuir. C'est bien cet homme qui marchait derrière elle, sur les quais... Les mecs, c'est comme ça : ils suivent. Ils reniflent le derrière des filles et ils pistent, c'est plus fort qu'eux. Puis, à un moment, ils pètent les plombs, toujours, ils viennent les aborder, et leur prennent la tête, à grands coups de bite imaginaire « hé mam'zelle, tu es bonne, tu me files ton zéro-six ? » Qu'ils aillent se faire foutre, elle ne répond jamais, elle trace.

Ô, belle insoupçonnée... Elle est là sur le banc d'en face,

enfin « là », il ne pense pas, juste son corps qu'il devine sous le manteau ; elle, elle n'est pas ici, elle est dans son histoire… Avec qui promène-t-elle ? Dans quelles allées ? Dans quel pays ? Avec quel beau héros à son bras, fidèle héroïne ? Quel dessein l'attend entre ces pages noircies ? Sans lui, il ne peut être que funeste, si, si, il jure, il crache, il se coupe une main si c'est pas vrai. Sa cheville est frêle, son pied comme un oiseau dans l'escarpin tapote gentiment.

Elle tourne les pages avec la lenteur du temps qui s'égrène. Elle le regarde un peu, lui qui est trop timide ou trop con. Il est beau, puis quand il ouvrira sa gueule, ça sera comme un château de cartes qui s'écroule « Hé, Mam'zelle… »

Il fait genre « je ne suis pas là », derrière son journal. C'est sûrement un anxieux. Elle en a un comme ça au cours de danse qui panique à la moindre occasion. « Hé Ma-ma-ma-mam'zelle »… Le temps qu'il finisse sa phrase elle s'est déjà barrée.

Elle se concentre : la Foule des furieux réclame toute son énergie mentale. On arrive au climax, à ce moment précis où l'intrigue se barre en cacahuète, et où l'on s'aperçoit qu'on avait tout faux depuis le début… Le tueur n'est pas le tueur, et le mort n'est pas le mort non plus, ça tombe plutôt bien.

La lecture pose un voile de migraine entre ses sourcils, alors elle remet à plus tard. Le livre abandonné, elle secoue sa crinière, pour mieux revenir à la réalité. Pourtant, elle reste là, alors il se planque un peu plus derrière son journal, aussi immobile que la poubelle d'à côté.

Elle attend quelqu'un, sans doute. Il le voit bien à sa façon de reluquer l'horloge du Square. Presque six heures. Ô belle mystérieuse...

Il lui ordonne mentalement de ne pas lui faire ce coup-là, de ne pas partir avec celui qui passe, ou cet autre qui vient. Lequel va l'enlever à son désir ? Son homme, c'est lui. Seulement, elle ne le sait pas. Le froid tombe un peu plus et elle frissonne. Il a dans l'idée d'aller la réchauffer, sous son manteau. Elle ne sera pas d'accord, alors il n'insistera pas.

Il veut rester avec elle dans leurs songes d'une nuit d'été, en plein automne, presque en hiver, elle et lui, sur une plage, quel cliché, non, pas sur une plage, mais sur un toit. Un toit de Rio. Ils regardent ensemble le Corcovado, et elle danse sensuellement sur une de ces musiques dont il ne se souvient jamais du titre, mais elle, elle sait toujours, elle se souvient de tout, et il la voit qui bouge sa tête en souriant, sur son banc, là-bas, tandis qu'il s'approche, sur la terrasse, et qu'elle lui dit : déshabille-moi, mon amour. Ô belle inconnue...

Un à un, il enlève tous ses voiles, tous ses remparts, il arrive en conquistador, elle est déjà vaincue, mais pas soumise, elle le défie un peu, c'est bien le jeu, et il devient docile comme un chien malheureux. Sa maîtresse, sa femme. Sa belle ténébreuse. Elle lui appartient entière, à cet instant précis. Elle sur son banc ou à Rio. Elle dans ses bras ou à Paris... tout se mélange.

Et puis tout se casse, comme un miroir sur lequel on jetterait des pierres, sept ans de malheur pour fantasme interrompu, il la prévient : ça douille, ma belle, tu vas payer. Elle range son livre, et elle se lève. Ô, belle inattendue...

Elle n'aurait pas dû s'arrêter ici. Si c'est un fou, elle n'est pas tranquille, square des Veufs, il n'y a personne pour l'aider ou l'entendre. Mais l'inconnu n'a pas l'air de se décider. Il faut pourtant y aller cette fois, l'heure tourne et il se met à pleuvoir.

Elle se presse, « Mam'zelle » se casse, et lui, l'homme invisible... Il vient ou il reste ? Qu'il se décide. Elle accélère le pas, histoire de le semer un peu...

Il est pris de court : la suivre ? La regarder partir ? Le ciel est avec lui, c'est un autre signe, et ne lui laisse pas le choix puisqu'il pleut... Il accélère, et la voit prendre le chemin des beaux quartiers. Elle vit donc là-bas, dans le luxe, avec des gens importants. Comme une reine, elle passe devant les vitrines sans les regarder, il se dit même que ce sont les vitrines qui la regardent passer, avec leurs mannequins haute couture pétrifiés de jalousie. Vous la voyez marcher, sa belle Amazone ? Sa fière guerrière ?

Elle balance, la demoiselle, elle balance son popotin de gauche à droite, et de droite à gauche, le délicieux métronome, sa taille est fine, et il se voit encore danser avec elle un de ces tangos sensuels qu'on ne danse qu'en Argentine dans un bar rempli de fumée... Olé, les y voilà, lui, matador, elle, animale, lui laissera-t-elle planter sa banderille dans son postérieur baladeur ? Lui laissera-t-elle la passer au fil de son épaisse épée, jusqu'au plus profond d'elle ? Quel fanfaron il fait... Elle pourra bien rire, va, et qui vivra verra.

Elle passe un carrefour, il a un temps de retard, feu rouge, feu vert, il panique deux minutes, il l'a perdue, un peu. Il court comme un dératé.

Mission accomplie : au bout de la rue, elle l'a perdu de vue, croit-elle. Mais elle se trompe : il l'aperçoit qui entre dans un bar... Un rendez-vous galant ? Une réunion d'affaires ? Il approche à grands pas, entre à son tour, la cherche du regard et il ne la voit pas. Il est là comme un couillon mouillé, au milieu des buveurs secs.

Le bar est bondé. Elle est passée derrière le zinc, vive et enjouée.

— Salut Basile ! Salut Gégé !

— Salut, Cam ! Qu'ils répondent en chœur.

— Bastien t'attend en cuisine, il a un truc à te donner.

— OK, merci, mon petit vieux !

Elle passe les portes, l'équipe du soir est là, les deux cuistots, Rémi et Léo, les deux serveuses, Géraldine et Sophie, et Bastien, le patron.

C'est plus un bar qu'un restaurant, faut pas croire les gens viennent pour picoler, mais quelques fois vers sept ou huit heures, c'est le débarquement des affamés, alors on sert trois conneries sur la carte, à bon prix.

— Cam ! J'ai ton CD !

— Déjà ? Putain, ça va vite ! Je suis contente ! Je vais pouvoir renouveler mes chorégraphies.

— Tu nous montreras ça !

— Merci, Bastien, tu me sauves la vie... Pour voir, faut venir au cours, hein ! Je ne fais pas de représentation privée, tu le sais bien.

— Un jour, Cam, un jour ! Je vais débarquer et tu m'apprendras à danser la valse ! Haha !

— Le tango, Bastien ! Le tango !

— C'est pareil, c'est vieux et moche !

— Comme toi !

Bastien se barre en riant. Elle range le CD dans son sac, et elle se change. Tenue noire et tablier blanc de rigueur. Elle arrange ses cheveux dans le petit miroir des toilettes, bien attachés, c'est mieux.

Le torero, lui, dans la salle, a perdu son habit de lumière. Il se sent rabougri dans son cuir, dans sa peau. Les os lui font mal de froid ou de dépit. C'est l'heure des ivrognes, alors le bar est plein, mais il a beau regarder partout : elle n'est pas là.

Dehors, la pluie l'attend, coule sur la vitrine, elle ne l'aura pas, la vermine, il va rester ici à se morfondre un peu. Des fois qu'elle revienne...

De l'autre côté des portes battantes, Bastien s'impatiente :

— Allez, en selle, ma beauté ! Y' a du monde ce soir !

— Chef, oui, Chef !

Les portes s'écartent et stupeur ! C'est lui qu'elle voit en premier. L'inconnu du Square des veufs. Il est entré. Elle l'observe, il a l'air perdu. Il souffle, il est trempé... Il tient toujours son torchon de journal.

— Bonsoir, Monsieur, vous désirez ?

Oh ! Sa belle inconnue ! Son cœur s'arrête. Elle a tressé ses cheveux, elle est vêtue de noir sous un tablier blanc. Elle n'est pas reine, mais servante.

Ce qu'il désire ? Doit-il vraiment l'annoncer à voix haute ? Elle, elle ! Il la désire, du plus profond de lui, il la désire. Il met bien vingt secondes à répondre, trempé, essoufflé, soufflé par sa beauté. Il la regarde avec des grands yeux horrifiés, pense-t-elle. Il a dû perdre ses lunettes et la voit à travers un brouillard épais, tellement il la dévisage avec cet air de stupéfaction.

— Un café, s'il vous plaît.

Elle voit les gouttes de pluie qui tombent de ses cheveux pour couler le long de ses joues. Ça lui fait comme des larmes... Il a un regard très sombre et très triste qui la touche, là d'un coup. Non, Cam, c'est pas ta came, se dit-elle, ce genre de mec, un suiveur, en plus, un sale renifleur, un gars qui cherche probablement à faire des ennuis, un violeur peut-être, un détraqué, un obsédé, ou bien un con de dragueur - « Hé Mam'zelle », et puis, il a quel âge, ce crétin humide, sans doute qu'il ne sait pas danser... Ou alors, ou alors, ou alors... ?

Elle reste bloquée sur l'étendue du champ des possibles.

Elle le regarde enfin. Sa pupille dans la sienne, elle le nargue un peu, elle le toise, elle debout, lui assis, s'il allongeait la main, à peine, il pourrait toucher ses bas, là, juste sous le bord de la jupe, derrière l'immonde tablier.

Elle le regarde et c'est long comme un jour sans pain, comme une nuit sans fin. Elle se rappelle, c'est ça ? Elle se souvient forcément, l'Argentine, le Brésil, leurs danses endiablées et leurs nuits de caresses, elle dessus, lui dessous, lui en elle et elle sur lui, sa bouche, son ventre, ses cuisses, sa peau, leurs bras, ses fesses, son membre dur et ses seins mous, comme un mélange picassoesque, tout en couleur, tout en douceur, tout en désir et en chaleur...

Elle le regarde et elle rougit, elle se souvient !

Elle reste là, entre son rêve et leur réalité, plantée comme une idiote devant un idiot.

Alors il lui sourit, parce que c'est elle, c'est lui, c'est ses seins devant son nez, c'est son ventre près de sa bouche, et son carnet stupide qui n'attend qu'un mot. Elle en perd le fil de ses idées.

— Pardon, vous m'avez dit ?

— Un café.

Au milieu du bruit des buveurs, sa voix, une belle voix grave et douce à la fois devient inaudible, elle lit sur ses lèvres. Le carnet tremble un peu.

— Un... Café... ?

— C, A, F, E accent. Café.

Elle éclate de rire et la tension tombe d'un coup. Dans sa tête à lui, ça fait des confettis de toutes ses certitudes : à la poubelle les fleurs et les couronnes, aux chiottes les remords et les regrets.

Elle se détache un court instant de son emprise visuelle, se reprend, serre le stylo qui manque lui échapper. Quelle idiote.

— Excusez-moi, Monsieur, je suis...

— Troublée ? Moi aussi.

Quel toupet, il abuse, le mec, il s'y croit déjà, pense-t-elle, alors qu'il ne croit rien, qu'il espère tout au plus.

— Fatiguée. Je reviens tout de suite. Ne bougez pas.

Elle fait son petit mouvement avec sa tête, comme tout à l'heure sur le banc. La reine est revenue, toute souillon qu'elle est... Il se sent vermisseau, tout conquistador qu'il croyait être. Qu'il bouge ? Quelle idée !

Elle passe derrière le zinc, bouscule Basile, prépare le café. Son collègue la regarde d'en haut, en coin. Il a remarqué son trouble. Il mate la salle, en quête de l'embrouille éventuelle, mais ne voit rien. Ma foi, elle doit être mal lunée. Elle repart, café à la main.

— C'était vous, n'est-ce pas ?

— L'homme de votre vie ? Oui, c'est bien moi.

— Non, l'homme sur le banc, tout à l'heure.

— Vous m'avez vu ?

— Nous étions seuls dans le parc, en même temps, ce n'était pas difficile. Vous jouiez à l'homme invisible ? C'est raté ! Dites-moi... Pourquoi vous m'avez suivie ?

— Si je dis que tu me plais, c'est quand même un peu surfait...

Il la tutoie direct, gonflé, déjà intime. Elle garde ses distances.

— Alors dites-moi autre chose...

Elle veut des arguments. Il sent le défi dans sa voix. Pour elle, c'est donc un jeu. Mais il a les atouts.

— Tu veux la vérité ?

— Oui.

— Alors... Tu étais tellement belle, sur ce toit de Rio, on avait la ville à nos pieds, tu dansais pour moi, Madonne à damner un saint... Cette musique, tu t'en souviens... ?

— Une bossa-nova ?

— C'est ça... Un truc très beau, très triste, pour me faire oublier que je suis seul et désespéré, et que tu n'es pas à moi... Tu dansais, et j'avais envie de te prendre là sur la rambarde de la terrasse, sous les bougainvilliers roses et jaunes, mais il y avait du monde aux balcons... Alors on est partis danser le tango en Argentine, dans un bar plein de moustachus avec des sombreros et des cigares. Voilà.

Ses yeux pétillent, elle est si jolie. Il en a plus qu'assez de son propre regard mort dans le miroir, il lui faut le sien, pour les jours à venir, que ça bulle, que ça frémisse, que ça pète ! Qu'il se perde dans ces yeux-là pour se retrouver. Il lui faut ses mains à serrer, ses seins à sucer, son cul à pilonner, sa bouche à bouffer... Sa bouche, qui lui sourit.

Elle ne sait rien de ce qu'il commet dans sa tête, elle voit simplement ses fossettes, c'est bête comme chou, une fille, ça remarque des détails à la con, comme les fossettes, le pli entre les sourcils et la courbe de l'oreille, la couleur de l'iris, vert et marron avec un peu de jaune, et le regard doux. Il l'emmène.

— Et ?

— Et nous voilà ce soir, dans ce bar à Paris... Moi tentant vainement de me sortir de ce piège que tu m'as tendu... Mais c'est trop tard, je suis fait comme un rat. Je vais devoir t'enlever, car tu es ma reine, fière et farouche...

Elle rit, un peu gênée, mais pas impressionnée. Elle en a vu d'autres. Elle est encore tombée sur un barge. Mais ce barge-là, il est touchant, avec ses rêves derrière les yeux, son désir à peine caché et ses promesses vaines.

— Tu racontes vraiment n'importe quoi !

— C'est mon métier : écrivain.

Tout s'explique. Un auteur fauché, même pas connu, c'est pas Musso, c'est pas Levy, c'est qui, celui-là ? Il écrit quoi ? Il a une tête à écrire des polars. Dans le rôle du flic désabusé, il serait parfait.

Ils sont à la frontière, la porte de l'espoir, il entre dans sa vie, là maintenant, ou bien il en sort à tout jamais. Là. Maintenant. Le choix est à faire.

Avant de réfléchir, avant de tout foutre en l'air, elle sort une clé de sa poche et la lui tend. Elle laisse tomber les distances.

— Va m'attendre chez moi, Don Juan... Je finis dans trois heures, ça te laisse le temps de préparer un repas... Un truc exotique, tu vois, genre Brésil, Argentine, ça m'ira très bien. Il y a tout ce qu'il faut dans le frigo.

Il pense qu'elle est encore plus folle que lui. Il prend les clés tandis qu'elle griffonne sur son carnet. Elle lui tend le bout de papier.

— L'adresse. C'est derrière le parc. Ne te perds pas, Valentino.

Alors, lui, il obéit, stupéfait. Il la voit repartir vers le bar, il lit son bout de papier. Elle ne veut plus le regarder, pas pour l'instant, l'oublier, pour ne pas revenir en arrière et lui arracher son adresse des mains, en gueulant : non, mais ça va pas la tronche ? Tu m'as prise pour quoi ? Mais quand elle se retourne, il ne reste plus qu'une pièce dans la soucoupe : il est parti.

Et pendant le trajet du bar à son antre, sous la pluie, il imagine la suite, il revoit son décolleté et la promesse qui va avec, il repense à ses cheveux, à la tresse qu'il va défaire, à sa peau qu'il va toucher. Il a comme l'idée de commander quelque chose chez le traiteur, et puis non, il ne va pas tricher, il va faire de son mieux. Une bouteille de vin sud-américain, ça ira très bien, et des chocolats, tiens, il espère qu'elle aimera.

Elle s'appelle Marie, c'est écrit sur la porte. Son salon, c'est un capharnaüm. Le mausolée du mauvais goût. Peut-être que son goût à lui est mauvais et qu'elle l'a bon, bref, ce n'est pas ce qui compte. Il fait un rapide tour du petit appartement, ce n'est pas dans ses habitudes de fouiller chez les gens, il ouvre le frigo et prend une bière... Plus que trois heures à l'attendre, alors il s'affaire en cuisine, en écoutant Carlos Gardel, il a trouvé ça dans sa discothèque, improbable trésor...

Il prépare il ne sait quoi, il ne connaît pas de recettes, il ne sait même pas cuisiner, sa spécialité, c'est son corps, sa peau, ses échancrures, ses failles et ses collines, pas ses casseroles, hein, Marie, tant pis si ce n'est pas bon, qu'il y a trop d'oignons, pas assez de sel, pas trouvé de piments, on fera sans, il fera avec elle, son sel, son piment, elle se mêlera de ses oignons, et après manger, ils s'emmêleront, hein, belle étrangère.

Pendant que ça mijote, il pique une feuille et un crayon, l'envie d'écrire qui lui revient. Trois ans qu'il n'a pas pondu une ligne, son éditeur va être content.

Et dans sa tête à elle, dans son bar, ça mijote aussi, Basile la trouve bien silencieuse, Bastien pense qu'elle est fatiguée, et l'heure tourne, et il est bientôt temps de rentrer. Elle se demande s'il sera là.

La porte claque. Elle passe en souriant, taiseuse, elle enlève son manteau, fatiguée, et voilà ses oiseaux de pieds nus sur le plancher. Elle est petite, elle lui arrive tout juste à l'épaule, elle passe derrière lui et il sent son parfum, plus fort que celui des épices.

— Ça sent bon.

— C'est vrai ? Je ne sais pas faire, j'ai fait n'importe quoi, tant que c'est rouge, et vert, et que ça mijote, ça ne doit pas être mauvais...

— Tu n'as jamais cuisiné ?

— Non. C'est une grande première. J'ai acheté du vin

péruvien, il a intérêt à être buvable parce que ça coûte la peau des fesses...

Son rire est encore plus joli que le plus beau des tangos. Il a mis la musique.

Por una cabeza, juste pour la tête, toquade d'un jour, de cette coquette et moqueuse femme...

La chanson lui va comme un gant. Elle, ça lui donne envie de danser.

— T'as trouvé Gardel ?

— Oui, je ne m'y attendais pas. Une jeune femme qui écoute du tango argentin c'est rare, de nos jours...

— Non seulement je l'écoute, mais je le danse... Tu sais danser ?

— Ah non, je sais à peine marcher sans me casser la gueule, alors pense, danser...

— Je vais t'apprendre...

Elle l'attire à elle, premier contact physique, consciente de l'émoi provoqué.

Por una cabeza, juste pour sa tête, toutes ces folies, sa bouche, ses baisers, effacent la tristesse, calment l'amertume.

D'office, elle plaque sa main en haut de sa fesse, et se pose entre ses jambes écartées. La pudeur des corps n'existe plus. Elle se colle, et il a un début d'érection. Consciente, elle mène la barque. Un pas en arrière, deux en avant, il la suit. Impudente, elle monte sa jambe contre sa cuisse. Il peut toucher le bas couture, alors il ne se fait pas prier. Elle tient sa nuque dans sa main, elle l'attire vers sa bouche... Il sent son souffle sur la joue.

Por una cabeza juste pour sa tête si elle m'oublie

qu'importe de perdre mille fois la vie, pourquoi, pour qui vivre...

Au creux de son oreille, elle murmure de sa belle voix :

— Ça va brûler...

— C'est chaud, oui... répond-il, haletant.

— Non... La casserole... Ça crame.

— Oh, merde !

Il se dégage, elle rit. Il a éteint le gaz juste à temps, ils ont quand même mangé ce plat indéterminé et multicolore, en tête à tête, avec une chandelle pour faire romantique, avec ce vin dégueulasse, mais péruvien, qui lui a coûté un bras.

Ils ont parlé de ses cours de danse, qu'elle donne, deux jours par semaine... Prof de tango, qu'elle est, sa belle Argentine. Il invente le concept du fantasme prémonitoire. Ils ont parlé de ses livres, de Gardel et un peu du passé, pas beaucoup plus de l'avenir. Ils sont suspendus au présent, comme des gouttes d'éternité. Mais même l'éternité a une fin. Minuit sonne... Il se sent fourbu, au bord d'un précipice, ne sachant s'il faut encore s'accrocher ou bien laisser tomber.

Elle voit ce voile dans ses yeux, elle y lit ses doutes. Elle est sa princesse, il est son prince et il va se transformer bien vite en immonde crapaud, sous la pluie, si elle l'invite à aller se faire voir ailleurs... Il n'a pas envie pour autant de jouer les grands séducteurs, elle l'a séduit, elle et ses talons, ses bas, ses cuisses, elle et ses fesses sous le manteau, elle et son tango pour débutant, elle et son culot et sa soif de vivre, le contraire n'est pas si évident, ni facile, un vieux chien trouvé square des Veufs, mais qu'est ce que tu veux faire de cet animal-là ?

Elle sait pourtant que le mal est fait, et qu'elle veut le

garder, lui et ses fossettes, lui et ses yeux tristes, lui et ses mains grandes et chaudes et son allure de boxeur fragile. Son veuf du square.

Il la regarde marcher dans l'appartement, ranger trois verres, essuyer une table... Pas du tout prêt à se séparer d'elle et à se noyer dans sa solitude, la jalouse, pas prêt à retourner dans la ruelle du désamour. Il ne veut plus aller se perdre square des Veufs, tant il se sent chez lui, ici, et partout où elle est, partout où elle sera.

Puis elle s'assoit sur ses genoux.

Comme ça.

Comme dans ses rêves picassoesques.

Elle s'est accrochée à son cou, il s'est suspendu à ses lèvres. Ô belle inconnue... Il l'a goûté, son vin délicieux, péru-va-et-vient, il l'a bu jusqu'à la lie, ses seins, il les a gobés l'un après l'autre, comme des bonbons à la mangue, son sexe, il s'en est emparé comme un vrai Pizzaro, il lui a donné tout ce qu'il a...

Il aurait pu mourir cette nuit-là, il avait tout eu, cette chouette nana, son cadeau du ciel, sa toute belle, sa sublime jouisseuse...

Au matin, comme il n'était pas mort, elle lui a dit :

— Reste.

Et il a dit « oui ».

C comme Corinne

Courgette. Citron. Chaussette. Camionnette.

Il récite les mots dans sa tête, ça l'empêche de réfléchir. Il sait bien que s'il réfléchit, c'est foutu. Que ses bras vont ramollir et qu'il n'aura plus le

Courage. Colibri. Cirque. Cohérence. Calibre.

Aujourd'hui, c'est le C.
Ç'aurait pu être le D, alors il aurait récité

Dragon. Danger. Doryphore. Danse.

Mais c'est le C, alors il récite le C, puisque c'est le jour, celui inscrit dans le

Calendrier. Cambriolage. Caresse. Croc. Circonstance.

Il traîne le sac, c'est lourd. Ses pieds raclent le bitume, ça fait un bruit d'enfer. La benne n'est plus très loin, heureusement. Il transpire comme jamais. Ses chaussures lui font mal et sa chemise lui serre un peu le

Cou. Carambar. Camisole. Caliméro.

Il tire de toutes ses forces pour hisser ce putain de fardeau à un mètre de hauteur. Encore un effort. Pourquoi elle est si lourde cette

Conne. Cendre. Certes. Cramoisi. Cramé.

Il y parvient au bout de cinq bonnes minutes, tout en ânonnant :

Cierge. Casserole. Crotale. Certain.

Le corps tombe dans un bruit sourd au milieu des ordures. Il s'est enfin débarrassé du

Cadavre. Crayon. Couleur. Court.

Il s'éloigne dans la ruelle sombre et disparaît. Le chemin est court jusqu'à la maison. Il va pouvoir dormir.

*

Il s'est levé, et il est allé ramasser le journal sur le perron. Tout en buvant son café, il pense déjà au D. D comme

Delphine. Dominique. Daphné. Davina.

C'est une bonne nouvelle : on l'appelle le Tueur à l'Alphabet, désormais. Les journalistes lui ont donné ce petit nom affectueux. Il trouve ça très mignon. Et très juste. Après avoir tué une certaine Alexandra, puis une Béatrice, il a, hier soir, ôté la vie à une Corinne. Demain ce sera une Delphine, puis une Émilie, peut-être ?

Il ne sait pas pourquoi l'alphabet l'obsède tant. C'est quand même quelque chose d'étrange. Peut-être que quelque traumatisme aura survécu de sa petite enfance, de l'école primaire, de l'âge où il a dû apprendre les lettres, une à une, consciencieusement, à coups de mandale derrière l'oreille et de règle sur les doigts. Même s'il ne se souvient plus très bien de cette époque, l'alphabet s'est inscrit en lettres d'or dans sa mémoire.
Pas comme les

Chiffres.

Les chiffres, c'est le problème. Il ne sait pas compter, ou pas beaucoup. Il préfère les lettres. Il en a fait son métier : il les peint. Sur les voitures, sur les murs, sur tout support. Là où les gens veulent. C'est un chouette métier, ça, peintre en lettre. Minutieux comme il aime. Il ne se trompe jamais. Mais c'est le week-end, alors il ne pense plus au boulot. Il lit dans le journal, les grandes lettres noires qui parlent de lui. Il en rougit de plaisir.

L E T U E U R À L'A L P H A B E T A E N C O R E F R A P P É

Il découpe l'article avec soin, et l'épingle sur le grand mur à côté des autres. Juste sous la photo de la fille en bleu.

Corinne.

Celle qu'il a jetée dans la benne à ordures, hier. Il connaît son nom depuis longtemps.

Corinne Corvin.

Il l'a choisi dans l'annuaire, comme les autres, un double C, ça ne se refuse pas. Le A c'était, Alexandra Albin, c'est la fille en rouge, et le B : Béatrice Barnard, la fille en marron.

Il caresse doucement les visages de papier. Bien sûr, ce n'était pas vraiment une énigme très difficile à résoudre. Les policiers et les journaux ont fait le rapprochement avec le deuxième meurtre et ont été complètement convaincus de leur théorie dès ce matin aux aurores, à la découverte du cadavre de Corinne. Si tôt. Il faudra qu'il surveille un peu plus. Qu'il soit plus vigilant.

Pour l'heure, il admire ses trophées.

Pour le A, il a choisi, encore à l'aide du dictionnaire, les

Amygdales.

C'était super facile à récupérer, ça. Pour le B, c'est le

Bras.

Le gauche. OK ce n'est pas un organe, mais il n'a pas trouvé d'organe avec un B. Le bras droit, c'est celui pour écrire, et il a pensé que c'est embêtant quand on n'en a pas, alors il lui a laissé.

Pour le C, il a hésité entre le cerveau et le cœur, mais le cœur a gagné : plus aisé à extirper mais super salissant.

Alors le voilà à sa place, le Cœur, sur le grand Abécédaire de la Mort. C'est plus joli qu'il ne pouvait l'imaginer. En attendant le D, il relie l'article, en buvant un

Café.

Le bel article est tout écrit en son honneur déclame, très élégamment :

« Découverte du corps d'une troisième victime identifiée, Corinne M., dans une benne à ordure à Clichy. »

Le A c'était à Argenteuil, et le B à Boulogne... Ah, que c'est amusant, ces petits jeux de lettres !

Mais quelque chose ne va pas. Il revient sur la phrase. Comment ça, Corinne M. ?

M ?

M ? M ?

M ? M ? M ?

M ? M ? M ? M ?

M ?

Ça explose dans son cerveau. Ce n'est pas possible, ce M n'a rien à faire là. Il tremble, il a du mal à respirer. Son eczéma le reprend atrocement, il se gratte jusqu'à s'arracher des lambeaux de peau superficielle.

M ?

Mauvais. Minable. Méprise. Merde.

Il s'est gouré. Ou eux. Il déchire l'article avec rage, décolle la photo du mur, celle de cette

Connasse. Chienne. Confusion. Carnage.

Il veut savoir. Tout de suite. Maintenant. Il se précipite, direction le

Commissariat. Couteau. Corinne. Cadavre.

Alors, il lui explique, à l'homme :
— Corinne M. C'est pas M. C'est C. C'est Corvin. Faut rectifier. C'est C. Ce n'est pas M. Pas M. C.
— De quoi parlez-vous, Monsieur ?
Le flic regarde la photo en fronçant les sourcils.

Crétin.

Il reprend au bord de l'implosion :

— La femme, la FEMME, BON DIEU, MAIS VOUS ÊTES UN IDIOT, VOUS NE COMPRENEZ RIEN ! CE N'EST PAS LE M PAS LE M PAS LE M PAS LE M LE C ! LE C !

Il s'agite, brandit la photo sous le nez du policier, transpire, postillonne. Il hurle son désespoir. Son Abécédaire est foutu !

L'homme le regarde et fait un signe à quelqu'un. Alors on le

Cerne. Chatouille. Choppe. Contrôle.

Ce n'est pas le M !

Mensonge. Manipulation. Mauvais. Misère.

C'est le C ! Il hurle et se débat.

Cellule.

Dracula

— Hey, t'as pas cent balles ?

Diable ! Je ne sais pas ce que me veut cet individu qui semble s'adresser à moi. Je ne sais pas trop où je suis à vrai dire. La lumière blafarde du réverbère n'arrose que des murs gris, une brume épaisse noie tout le reste. Ma cape est souillée, j'ai dû tomber de cheval. Tandis que je tente de me relever avec un peu de mal, un gros visage sale et puant m'examine.

— Hey, hey, mecton, t'as pas cent balles ?

— Cent balles ?

— Ouais ! Cent balles !

— D'argent ?

— Ouais, d'argent, de pèze, de flouze, de blé !

Du blé et des balles d'argent ? Mais que me veut ce faquin ? Je dois me ressaisir... Cent balles d'argent, c'est plus qu'il n'en faut à toute une armée de mon espèce pour goûter au repos éternel. Je me relève prestement. Je n'ai pas encore la force nécessaire pour me battre, il faut gagner du temps.

— Cent balles, ouais, j'exagère, OK, genre, deux euros, quoi, mec, tu vois. Non ? Une clope alors ! T'as pas une clope ? Bordel, je donnerais tout pour m'en fumer une.

— Une... clope, dites-vous, mais qu'est-ce donc ?

Cet énergumène parle un langage qui m'est étranger. Probablement un paysan du fin fond de l'Auvergne, un de ces bougnats perdus en capitale, qui vendent le vin au prix du sang.

— Non, mais, t'es relou, toi, t'es bourré, mec ? L'est que cinq heures du mat, t'es pas bien, si les keufs arrivent, tu vas prendre cher, ils font souffler tous les SDF, ces bâtards. Enfin, j'imagine que s'ils se pointent, tu seras barré en courant ! Comme moi ! Et t'as intérêt de courir vite, hein !

Des menaces ? Je ne comprends rien à son discours. Je ne sais pas de quoi parle ce paysan qui m'a l'air tout à fait sale, peu soigneux, mal fagoté et fin saoul. C'est un manant, pour sûr. Me suis-je égaré ? Aurais-je, malgré mon sens aigu des directions spatiales, perdu mon chemin ? Ou bien est-ce mon esprit qui s'est brouillé ? Je perds la raison. Je tente de rassembler mes idées, mais tout se dilue dans une infâme boue mentale, faite de doutes et de souvenirs indécis.

Le rustre me dévisage toujours :

— Mais t'as trop pas l'air d'un SDF, en fait, t'es un gros bourge, hein, avoue. C'est quoi cette cape, du velours ?

Il tend sa main aux ongles crasseux vers le tissu de mon manteau. Preste, je recule aussitôt.

— Mazette ! Tu vis où ? T'es pas du quartier, je t'ai jamais vu dans le coin et pourtant j'en vois passer du monde, hein, je suis physionomiste, moi, mon mec, je t'ai jamais vu, c'est net.

L'homme n'a pas l'air très méchant malgré ses cent balles d'argent et son souffle puant. Il faut que je m'en débarrasse au plus vite.

— Nous sommes dans quelle rue, mon brave ? J'ai dû me perdre...

— Ah, ben voilà, t'as perdu la boule, ouais. Alzheimer à

ton âge, ça pardonne pas ! Tu me files cinquante balles et je te ramène chez toi, mieux que le taxi, à pied, même si ça fait deux bornes, j'ai que ça à foutre. Mais me faut l'adresse de ta crèche.

— Cinquante balles ?

Un menteur de la pire espèce. Tantôt, c'était cent balles d'argent, en voilà plus que cinquante ! C'est troublant.

— Voilà ! Tu piges vite, mon gars, c'est bien ! Alors, ? Ta mère, elle habite où ?

— Ma mère ?

Mais que sait-il de mes origines ? Voilà assurément un homme bien énigmatique. Je subodore des secrets qu'il ne veut pas avouer.

— Ouais, ta reum, ou ta bonne femme, comme tu veux tu choises, moi je suis pas très difficile, hein. Je vois pas bien, tu pourrais avoir dix-huit ans comme quarante, tu devrais t'habiller autrement, pour choper les gonzesses, tu fais un peu tiep !

Cet individu s'exprime comme le diable en personne !

— Écoutez, je ne comprends rien.

— Oh, putain, le cave ! Tu me fais un sketch là, c'est la caméra cachée ? Ou bien t'as vraiment bradé tes neurones ? C'est les soldes, mais quand même, des fois, c'est bien d'en garder un peu, hein mec, hé, hé ! Allez, bouge ton cul, on se magne, tu me paieras quand on arrive. Top là.

Le manant se lève et me tend une main. Je la refuse. Le contact de sa peau nue me ferait l'effet d'une braise brûlante. Il fait encore nuit, mais il faut faire vite.

— Tu t'appelles comment, mec ? T'as un nom ?

— Mon nom ?

— Tu t'en rappelles ou on appelle Sherlock ?

— Sherlock ?

— Hum... Ça doit être Perroquet ou un truc comme ça, à vue de nez ! Ton blase, ton patronyme, ton matricule, c'est quoi ? TON NOM !

Il veut savoir qui je suis ! S'il ne s'en va pas en courant, c'est qu'il est bien téméraire ou qu'il a perdu la raison encore plus que moi. Certain de mon effet, j'annonce avec ma voix d'outre-tombe :

— Dracula. Comte Dracula.

Il me regarde, assez impressionné. Va-t-il fuir ? Va-t-il combattre ? Je me tiens prêt à toute éventualité.

— Ah ! OK, je vois. Tu te la joues coseplay, t'es là tu sors de chez les Fadas Anonymes, super classe, Dracula, vraiment, même mon clebs, j'aurais pas osé ! Tu me tues !

Il rit. Ce petit freluquet se joue de moi. C'est insupportable. Réfléchissons. Même s'il me le demande, je ne vais pas le tuer tout de suite, j'ai besoin de lui pour retrouver mon chemin.

— Hey, Dracule ! Tu avances ou tu recules ? Ha, ha !

— Ne vous moquez pas. Ne savez-vous donc pas à qui vous avez l'honneur de parler ?

— Comment veux-tu, comment veux-tu que je... Dracule ! Ha, ha !

— C'est intolérable. Cessez !

— Oh, ben, dis donc, t'es pas un peu susceptible dans ton genre, toi ? Bon, OK ! On joue cartes sur table ! Je me présente ou pas ?

— Allez-y, s'il le faut.

— Van Helsing ! Ha, ha ! On fait la paire de cloches comme ça !

Van Helsing ! Seigneur Satan, mais je ne l'aurais point reconnu. Comment peut-il être encore de ce monde ? C'est peut-être un descendant ! Cette famille n'en finira donc jamais ! Les maudire n'est donc pas suffisant, il faudra tous les exterminer, un par un et jusqu'au dernier. Cent balles d'argent, je comprends mieux...

— Dracule, Dracule, où tu vas, attends-moi ! Je plaisante, bordel, reviens.

— Ne m'approchez pas, nous sommes ennemis jurés. Ne le savez-vous pas ?

— Oh, là là, hé, calm down, mec, tout ça pour une petite plaisanterie de rien... T'as déjà pas le sens de l'orientation, mais ton sens de l'humour, il s'est carapaté avec !

Ce pauvre Van Helsing n'a vraisemblablement pas toute sa tête. Je comprends soudain qu'il n'est pas en état de force, ni même de lutter... Cet ersatz d'ennemi est pitoyable... Mais cependant, s'il m'a suivi jusque-là, il doit savoir quel chemin prendre pour retourner jusqu'à ma demeure.

— Très bien, accompagnez-moi, mon cher Abraham... Nous verrons bien où cette promenade nous mène... Le savez-vous ?

— Non, moi c'est pas Abraham, hein, c'est juste Popol.

— Popol Van Helsing ? Vous êtes son fils ?

— Son fils ? Hey, Dracule, je comprends pas grand-chose de ce que tu me racontes, t'as dû prendre un sacré spliff hier, mais je t'aime bien, tu sais... La famille, d'accord, c'est sacré, je ne vais pas te contredire, mais mon père à moi, il s'appelait Raymond ! Raymond Dupoivre !

Une feinte. Me croit-il stupide au point de ne pas voir qu'il essaie de me berner ?

— Comme vous voulez, heu... Popol. Cependant, nous devons nous presser. Le jour se lève.

— Tant mieux ! On va pouvoir se réchauffer les os au soleil...

Je le savais ! Il veut ma mort ! C'est bien la mission de cet ange crasseux, mais néanmoins exterminateur nommé Popol Van Helsing ! S'il pense que le Comte Dracula va se laisser faire, il se trompe. Je dois me mettre à l'abri ! À la lumière, je serai bien plus vulnérable, il en profitera pour m'exécuter.

— Dis donc, Dracule... T'es jamais fatigué ? Pourquoi tu cours ? Je comprends bien que tu as envie d'aller au pieu, mais bon... c'est la croix et la bannière pour arriver chez toi, mon pote !

Un pieu ? Une croix ? Cent balles d'argent ? Je crois que ce Van Helsing est bien plus fort que je ne pense... Je dois agir au lieu de fuir.

— Mais... Bordel à nouilles, Dracule ! Qu'est ce que tu me fais ?

Je mords dans son cou plein de crasse. C'est un peu dégoûtant, mais je le sens qui faiblit, et tandis que ses veines se vident, mon corps se remplit d'un curieux élixir. Je n'en avais jamais bu d'aussi fort. Les ivrognes sont décidément imbuvables !

Je me relève en titubant. Van Helsing n'est plus qu'un cadavre blafard, à mes pieds, J'ai vaincu l'ennemi. Et lorsque je détourne mon regard en reprenant mon souffle, tout tourne, tout est flou.

Je suis saoul. Je vois la lumière qui s'avance, et je ne peux bouger, cloué sur place par les vapeurs d'alcool.

Le rayon de soleil m'atteint en plein front.

Tête de linotte

La route était glissante, une vraie patinoire. Normal pour un mois de février glacé, normal à cette heure de la nuit. La radio gueulait ses conneries, ça déblatérait dur sur les élections : le parti de la Peste Noire allait peut-être gagner, et patati, et patata. J'en avais strictement rien à foutre. Je pensais à ma Fée. Elle était encore souriante, juste là, à côté de moi...

Elle semblait dormir, malgré le vacarme. Normal, après toute cette horreur chez Francky. Elle m'avait pourtant averti : « Chéri, ne cherche pas des noises à Francky, c'est un coriace ». Son seul défaut : il me volait depuis des mois, cette ordure. Il pensait s'en tirer à bon compte ? Je l'avais mauvaise. Mais tant que c'était du fric, ça allait. C'était le jeu, ma brave Lucette. On gagne, on perd... Mais on reste réglo : pas touche à la famille !

La soirée avait pourtant bien commencé. On s'était pointé à l'heure dite : 20 h 30 pour l'« apéritif dînatoire », une espèce de pique-nique pour radins, avec du champagne pour faire bonne figure. Ils étaient tous là, vingt connards fringués comme des nababs à l'opéra. Les hommes parlaient affaires, les femmes liposuccion. Je regrettais déjà avoir fait tous ces kilomètres, la soirée promettait d'être assommante.

Ma Fée, ma petite fée, ma faiblesse, ma femme, quoi, virevoltait, gracieuse, entre les tables et les invités, à l'aise comme un poisson dans un aquarium. C'est qu'elle en connaissait du monde, ma drôlesse... C'est un peu pour ça que je l'avais épousée : c'était pas une femme d'affaires, c'était une femme d'« affaireux » comme on en fait plus : toujours dans la combine, au courant du moindre ragot. Et les ragots, dans les affaires, il n'y a rien de plus utile. Bref, comme d'habitude, elle s'amusait, je m'ennuyais...

On peut dire que depuis une heure, c'est le contraire, hein ma douce... J'ai fait péter les scores ! Tu t'ennuies et je m'amuse... Pour changer !

Oui, je reconnais que j'ai fondu les plombs. Après avoir vendu quelques collections spéciales à un Japonais et à deux Américains, j'ai perdu ma Fée de vue. Il était presque minuit. Je connaissais la casbah par cœur, depuis le temps qu'on y faisait des soirées, j'ai fouiné un peu...

J'aurai pas dû.

J'aurais dû t'attendre sagement, et à l'heure qu'il est, nous serions en train de rentrer à la maison. Au lieu de quoi je t'emmène en voyage surprise, ma belle...

Qui cherche trouve. Je l'ai trouvée en grande discussion avec Frankie.

Ma Fée, avec Frankie.

En grande... discussion.

Je suis retourné discrétos à la voiture. Mon.45 de fillette ne suffisait pas. J'ai sorti la grosse artillerie, pas le même genre que celle de Frankie, ce gros dégueulasse. Mais bien plus efficace pour ce que j'avais à faire.

Je fus étonné de constater que ce fat n'avait rien prévu de tel. Maison isolée, deux gardes du corps avinés, trop facile. Je n'ai même pas utilisé les flingues tout de suite : Frankie était fan de kung-fu et autres arts martiaux, collectionneur de sabres bien tranchants... Je me suis servi.

Ils étaient là tous les deux, dans le noir, copulant joyeusement, en poussant des petits cris de gorets.

J'ai fait d'un coup, deux têtes, si j'ose dire...

Et nous voilà, moi conduisant, toi souriant en une extase éternelle, ta tête de linotte posée à la place du mort, la radio à fond. C'est une chanson que tu aimais : « Dérapage contrôlé » la, la, la, ça fait : « Je t'aime oh mon amour, mais j'aime quand ça dérape, oh j'adore quand tu m'attrapes, la la la, quand tu perds le contrôle, tu me rends folle ». Sacrées paroles. Écrites pour nous, hein ma jolie.

Tu changes déjà de visage, la mort ne te rend pas très jolie.

Les flics sont déjà là, au-dessus dans l'hélico, derrière, devant. Il y a des barrages, qu'ils disent à la radio. Ouais, j'ai fait le con. J'avoue.

Une fois que j'en ai eu fini avec toi, et l'autre zouave, ma Fée, il a fallu que je tombe sur une hystérique. Elle a vu ta tête que je tenais par le chignon (sacré chignon que tu avais mis des heures à échafauder) et s'est mise à gueuler comme un putois. J'ai pas eu le choix. J'ai tiré dans le tas, jusqu'à ce qu'ils soient tous morts... Ou presque. Un survivant a dû donner l'alerte...

Tiens, ils m'appellent, ils font ça les flics pour négocier : ils appellent au téléphone ! Les idiots, je ne compte pas me rendre vivant.

— Choubidou ?

J'ai failli en perdre le volant.

— Ma Fée ?

— Qu'est ce que tu as fait, Choubidou ? Ils parlent de toi à la télé... Partout ! Je pars un quart d'heure et tu fais que des conneries ! Rentre vite !

Ma Fée me parle. Je dois être en plein délire. C'est le choc post-traumatique, ou un truc du genre...

— Mais... Ma Fée... Tu es... ?

— Choubidou d'amour, rends-toi, c'est mieux !

Je raccroche. C'est un piège... C'est pas possible autrement. Comment ils font ça, ces enfoirés ? Un logiciel de voix de synthèse ? Il faut quand même que je m'assure de quelque chose. J'allume le plafonnier.

La route est glissante, c'est pas plus mal.

J'ai fermé cette saleté de radio. J'ai ouvert la fenêtre et j'ai jeté la tête de l'inconnue dans le fossé. Ça les occupera un moment, avant qu'ils ne me chopent.

Peut-être que j'arriverai à la falaise avant eux.

Coquillage

La toile est immense, mais pas tant que ça.

À hauteur d'homme.

Le personnage principal, éclatant de beauté, ne me regarde pas. Il regarde ailleurs, ce beau visage, à peine naissant et déjà nostalgique, incarnation spirituelle de l'Amour et de la Beauté...

Comme s'il me disait : « Attention, je ne reste pas... Je passe. »

Est-ce que le gratin florentin apprécia à sa juste valeur cette toile et ton Art, ce mélange religieux et humaniste qui t'inspira toute ta vie ?

À quoi pensais-tu, Sandro-le-petit-tonneau, en donnant naissance à cette Vénus, toute mal foutue, avec son trop grand cou et son épaule de travers, cette femme nue et pudique, qui penche dangereusement, juchée bizarrement sur le dessous d'un coquillage géant ?

À quoi tu pensais, Sandro di Mariano Filipepi, en peignant à la perfection ce couple enlacé, peu vêtu ? La femme ? C'est Chloris, nymphe amoureuse de Zéphyr, le vent d'Ouest, fils d'Astréos et d'Éole, qui pourtant l'enleva. Il souffle tant qu'il peut, Zéphyr, pour pousser Vénus, qui vient de naître, dans les bras d'une Heure. Eunomia, peut-être, déesse du Printemps, est prête à couvrir ce corps que l'on ne saurait voir.

Tu y mis les quatre éléments : l'Eau de la mer, essentielle à la vie, à tout commencement, l'Air, c'est le souffle de Zéphyr, attisant le Feu de la passion et la Terre, enfin, emblème de la Fécondité. Et l'Amour, comme le cinquième élément.

Ton style, Sandro, il est lyrique. Sur cette toile, tout chante, harmonieusement dans le moindre de ses défauts. Chaque détail humain est presque parfait dans son anatomie. Tes pieds, tes mains sont des merveilles. Vénus, peau laiteuse, se détache du fond par un procédé presque bédé-esque : un contour noir la pose à l'avant-plan, d'office, comme en relief.

Ses cheveux sont libres, longs, blonds, comme ceux des femmes en 1500. Se sont-elles reconnues ? Se sont-elles approprié cette pudeur et ce désir de liberté ? Ont-elles compris cette mélancolie ?

C'est ça. C'est la mélancolie : tout ce qu'on voudrait être, qu'on ne sera jamais, comme Vénus, prise au piège de sa propre condition de Déesse, tellement et seulement esclave de son mythe.

Alors ils peuvent bien décortiquer tout ça, Sandro, te donner des intentions érotiques, te prêter des allégories mythologiques...

Moi, je sais toute la mélancolie de Vénus et toute ta mélancolie à travers son regard.

Car elle est tout sauf une femme libre.

Et face à cette toile, Sandro, je suis aussi désabusée qu'elle, mal foutue, rêveuse, pâle, en équilibre fragile, pleine de mes défauts et de mes doutes, et comme juchée bizarrement sur le dessous d'un coquillage géant.

Une équation si simple

Avant elle, l'amour était une équation si simple, si tranquille. J'avais pour habitude de me faufiler dans la foule et de regarder tout ce qui passe : des visages inconnus, des torses fiers, des poitrines arrogantes, des hanches dansantes, des cuisses avenantes, des bras tendres, toutes ces choses faisaient mon bonheur de célibataire, mon cinéma, mon fantasme en technicolor, les écrans noirs de mes nuits blanches, et tout le blabla… Je m'imaginais alors, parcourant tous ces doux paysages, découvrant ces monts et ces vaux, me baignant dans ces ruisseaux secrets, enfouis sous le tissu et les frous-frous, ah, j'adorais l'été, la belle saison…

De temps en temps, la pêche était bonne. Quand j'avais ferré le poisson, je n'allais pas plus loin que la peau, nos corps, mon sexe avec un sexe et des orgasmes brefs et libérateurs. L'histoire se répétait : on buvait un coup, on couchait, on se séparait au matin.

Avec elle, tout changea.

J'avais perdu mon chat, qui était sorti je ne savais comment de l'appartement, et je désespérais de le revoir un jour. On m'avait dit que j'avais plus de chance en le cherchant de nuit, alors, à une heure du matin, ce premier samedi de novembre, je me décidai à faire patiemment le tour du quartier, appelant le plus discrètement possible : « Pupuce ! Pupuce ! »

J'errais donc comme une âme en peine, dans la rue aussi désespérément vide qu'une allée de cimetière, cependant moins fleurie, quand on me répondit :

— Vous cherchez quoi ? Un chien ?

La fille était appuyée, nonchalante, à une voiture.

Je ne voyais pas très bien, elle se tenait plutôt dans l'ombre, et le réverbère m'éblouissait. Une chose était sûre : elle avait un cric à la main. D'instinct, je reculai d'un pas, sait-on jamais à qui l'on a affaire. Elle avait dû sentir ma méfiance :

— N'ayez pas peur, hein. J'ai crevé. Faut le faire, crever en pleine ville, comme ça... Et à cette heure-ci... Alors ? C'est qui, Pupuce ? C'est un chien ?

N'étant pas d'un naturel courageux, je m'approchai prudemment, histoire de tâter la situation, à défaut du reste. J'eus le temps de rien qu'elle rétorquait déjà :

— Et à part « Pupuce », vous savez dire autre chose ? Je ne sais pas moi, « Bonjour, salut, c'est mon chien qui a fugué », à moins que ce ne soit votre femme ?

Je perçus de la colère dans sa voix, du ressentiment. Peut-être une façon de se protéger, aussi. J'hésitai entre fuir et parler.

Un pas, deux pas, trois pas. J'entrai dans son champ de tir...

— Mon chat.

— Ah ! Ben voilà... Vous pouvez parler. Les chats, vous savez, ne se sont pas faits pour vivre avec nous... C'est ingrat, ça bouffe, ça fait des câlins, ça ronronne, et pfttt ! Dès que ça trouve un autre toit, ça disparaît... Un peu comme les mecs quoi ! Enfin, vous voyez ce que je veux dire... Vous êtes un mec, on dirait... Plutôt beau gosse, hein, je ne dis pas le contraire, mais un mec, quoi...

Je ne m'étais pas trompé, j'eus la nette impression qu'elle était sous tension. L'air était électrique tout autour d'elle, si j'avais allongé le bras pour la toucher, il y aurait eu des étincelles.

Son agressivité palpable ne m'attirait pas plus que ça, surtout qu'elle avait une arme dans la main et je m'apprêtai à faire demi-tour sans moufter. Mais son manteau ouvert laissait voir un décolleté appétissant, et sous la jupe, deux jambes interminables. Elle continua, un peu plus douce :

— On fait un deal ? Vous m'aidez pour la roue et je vous aide pour le chat.

Rentrer chez moi sans chat maintenant ou dans deux heures, qu'importait. J'avais bien le temps de me perdre. Cette fille, je ne la sentais pas, mais je n'allais pas non plus la laisser dans la mouise comme un goujat. Elle pouvait tomber sur plus méchant que moi.

— C'est d'accord.

Elle me regarda changer la roue tout en parlant :

— Il commence à faire drôlement froid, vous ne trouvez pas ? Les chats ont de la fourrure, ça va, ils ne craignent rien. Mais moi, là avec mes collants tout fins et mon chemisier en soie, ben... Je me les gèle ! Pas vous ? Ah, ah... J'ai passé une très mauvaise soirée, vous savez...

— Non je ne sais pas.

Je ne voulais surtout pas savoir. Je me disais bien qu'elle allait me les casser, ça m'avait l'air d'être une grande bavarde. Une de celles qui n'ont même pas besoin d'avoir un coup dans le pif pour déballer leur triste vie.

— J'ai perdu mon chat moi aussi. Un grand gros connard de chat même pas drôle et bon à rien... Je pensais regretter, mais finalement je suis soulagée. Vous habitez par ici ?

— J'habite juste là. Je termine et je rentre.

— Et le chat ?

J'avais oublié le chat. En tournant un peu la tête, je voyais ses collants filés, ses chevilles fines, son profil grec. Je sentais son parfum lourd, entêtant. J'en aurais presque oublié pourquoi j'étais dans la rue au milieu de la nuit. Le changement de roue me prit quelques minutes durant lesquelles elle parla sans discontinuer.

Quand j'eus terminé avec l'ingrate tâche, elle m'entraîna. On fit le tour du quartier, à pied, en cherchant le chat sous les bagnoles, mais au bout de vingt minutes, j'avoue que je ne le cherchais plus tant que ça. J'étais saoulé de paroles.

— On pourrait être à Paris, ça y ressemble. Toutes les villes se ressemblent. Toutes les femmes aussi. Et tous les hommes. La nuit, tous les hommes sont gris...

— Non.

— Vous n'êtes pas d'accord ?

— Vous ne ressemblez à aucune autre, croyez-le bien.

— Je me demande si c'est un compliment sincère ou si vous avez juste envie de me baiser...

Comment elle y allait, la bourgeoise... Elle m'agaçait, avec son air faussement hautain. La baiser... Oui, pourquoi pas ? Elle était baisable, c'était sûr. Je remballai mes ambitions, il valait mieux pour ma santé mentale :

— J'ai envie de trouver mon chat et de rentrer chez moi.

— Ah... Décidément, ce n'est pas mon jour. J'ai trop bu, désolée, je raconte n'importe quoi.

— Vous avez bu ?

— Oui, j'ai picolé grave, mon bon monsieur... Vous savez, chez les rupins. Je crois qu'on a fait le tour, pas de chat... Je vais m'en aller.

On m'avait appris qu'on ne doit pas conduire en état d'ivresse. J'étais compatissant.

— Donnez-moi les clés.

— Vous me raccompagnez ? Comme c'est gentil !

Elle posa les clés dans ma paume. Sa main était gelée.

— Non. Vous rentrerez demain. Vous dormirez sur mon canapé, venez.

— À la place du chat ?

— C'est ça.

— Pourquoi tous les célibataires ont des chats ?

— Peut-être que ce sont les chats qui ont tous des célibataires ?

— Ho, là, ne faites pas dans la subtilité, par pitié, là, grâce à vous, je viens de griller mon dernier neurone.

— C'était donc ça...

Elle me regarda en plissant les yeux et en tirant la langue, et s'accrocha à mon bras en secouant une tête pleine de cheveux.

— Vous me prenez pour une idiote, je vois bien... Vous êtes Docteur ES psychologie, vous, ça se voit, plein de tact et d'empathie... Ah, ah.

Elle avait cette manière de faire « ah, ah », comme un ricanement idiot, qui me donnait envie de la claquer.

— J'ai quand même changé votre roue, et je vous empêche d'avoir un accident, ce n'est pas de l'empathie, ça, peut-être ?

— Vous êtes bien bavard tout à coup ? Vous allez me donner la migraine !

C'était l'hôpital qui se foutait de la charité. J'éclatai de rire, tellement la situation était grotesque.

— Homme qui rit… Dit-elle avec un joli clin d'œil.

Elle avait réponse à tout.

Elle monta devant moi dans l'escalier, le tableau était fort plaisant. Dans mon gourbi, elle trouva que l'appartement n'était pas grand. Forcément. Pas rangé, forcément aussi. Il restait des morceaux de pizza de mon repas de ce soir, elle se jeta dessus avec des petits cris de bonheur.

— Oh ! De la pizza, j'ai faim en plus, vous savez chez les rupins, c'est cher, mais alors qu'est-ce que c'est peu ! Des mises-en-bouche, comme ils disent, mais vous ne voyez jamais arriver le plat principal… En fait, il n'y a pas de plat principal, ah, ah !

Je la regardais se bâfrer tout en parlant, improbable spectacle. J'avoue qu'elle n'était pas mal gaulée, pour une bourgeoise des beaux quartiers… Question beaux quartiers, elle avait son comptant.

Si elle avait pu la fermer deux minutes.

— Dites, vous avez un truc à boire ? J'ai soif. Mais pas d'alcool, hein, j'ai eu ma dose !

Elle ôta son manteau. Ses chaussures. Elle enleva ses bas filés… Le show continuait.

— Quel sacré connard… Pas vous, hein. Huit mois qu'il m'a fallu pour m'en rendre compte. Je suis un peu lente à la détente, mais que voulez-vous, je suis sentimentale...

C'était reparti pour un tour. Cette nana, c'était l'enfer fait femme.

Je n'ai pas réfléchi deux minutes, une pensée me vint, la seule, pour la faire taire : l'embrasser sur la bouche, quitte à me prendre un revers. Le cric était resté dans l'auto, heureusement. Quand mes lèvres touchèrent les siennes, il y eut des étincelles. Des vraies.

Nous fîmes tous deux un bond en arrière. Je me frottai la bouche.

— Bon sang, c'était quoi ?

Elle se mit à rire :

— Les atomes...

— Les quoi ?

— Les atomes ! Les atomes crochus. Ça veut dire qu'on est fait l'un pour l'autre. Vous avez perdu un chat, mais vous m'avez trouvée, moi, c'était votre jour de chance, mon vieux.

— Vous déconnez ?

Elle en avait de bonnes, elle.

— Je vous jure que c'est la vraie vérité. C'est comme ça, vous n'y pouvez rien. Ni moi... Vous voulez qu'on réessaie, pour voir ?

Elle me regardait par en dessous, défiante. Elle était saoule, mais pas tant que ça.

J'avais pêché une drôle de sirène, mi-morue, mi-poissonnière...

Heureusement qu'elle ne sentait pas la friture.

Elle n'attendit pas la réponse : accrochée à mon cou, les jambes sur mes hanches, nous sommes tombés à la renverse, tandis qu'elle tentait encore de parler entre deux baisers.

J'ai découvert ses monts et ses vaux, j'ai joué les explorateurs, j'ai trouvé mon chemin dans ses creux, sur ses bosses, j'ai parcouru ses chemins de traverse, j'ai déchiffré ses théorèmes, j'ai bousculé ses croyances, j'ai défoncé ses anathèmes et j'ai envahi ses terres défendues... Elle fut mienne, toute.

Plus tard, dans le silence revenu, après les cris, les souffles, les hoquets, les grognements, les rires, après tous ces mots et ces bruits qui sortaient d'elle, je me surpris à l'observer...

Elle dormait à poings fermés.

Silencieuse.

Là, dans la pénombre, je la trouvai jolie et plus que ça.

Touchante. Émouvante. Authentique, avec des restes de fard sous ses yeux clos et sa jolie bouche, fermée aussi, Dieu merci. Je suivis de mon doigt l'arête de son nez, jusqu'à ses lèvres, puis le long de son cou jusqu'à son sein sublime. Elle ouvrit les paupières.

— Oh, vous...

— Chut ! Ne dites rien !

C'était un ordre et tout à fait dégrisée, elle obéit.

Nous refîmes l'amour en silence, lentement, avec douceur. Tandis que je pris possession de son corps, la diablesse, elle, prit possession de mon âme...

Elle n'était plus saoule et moi tout à fait enivré. Le jeu des vases communicants.

— Je vous le disais qu'on était fait l'un pour l'autre.

— Il faudra apprendre à vous taire.

— Il faudra apprendre à parler.

De ma bouche, je lui fermai la sienne.

Oh, oh, oh !

Quelle belle fête de Noël... ! Vraiment. Même s'il n'y a plus que les enfants pour croire en moi, je trouve que ma fête est la plus belle de l'année, sans me vanter.

Hé bien, oui, qu'est ce que vous pensiez ? Que je n'existe pas ? J'existe, même si dans vos tronches d'adultes vieillissants, ce n'est pas encore tout à fait acquis. Ou bien complètement oublié.

Mais vous le savez, mon rôle, ce n'est pas de vous convaincre : c'est quand même d'exaucer les vœux des petits enfants. Riche, pauvre, pas de différences, hein, un enfant est un enfant, et tout le monde a le droit de rêver devant un sapin, artificiel ou pas.

Même le petit Mathias, huit ans, a le droit de rêver.

Forcément quand j'ai reçu sa lettre, à la mi-juin, je me suis dit que c'était un peu abusé ! Quel enfant envoie sa lettre au père Noël si tôt dans l'année ? Ça m'a intrigué, alors je l'ai lue. Pour une lettre au père Noël, un peu étrange, c'en était une ! J'ai failli la jeter, puis je me suis ravisé... Je l'ai mise bien rangée dans mon tiroir des Lettres prioritaires.

Pendant six mois, je l'ai relue, et relue, cette foutue lettre. Ça me gênait beaucoup, au début, de devoir répondre positivement à une telle demande. J'ai dû répondre en mon âme et conscience à quelques questions basiques :

1. Est-ce que c'était irréalisable ? Non, pensez bien que je

distribue des milliards de jouets en 24 heures, alors ça...
Fingers in the nose !

2. Est-ce que c'était immoral ? Ça dépend de quelle morale on parle, c'est toujours pareil, pour les uns c'est acceptable, pour les autres c'est immoral, c'est comme ça, c'est la vie. Je n'avais pas à juger.

3. Est-ce que c'était drôle à faire ? Définitivement OUI ! Rien que pour le fun, ça valait le coup de le faire.

4. Est-ce que les Lutins allaient être d'accord ? Alors là... J'allais sans aucun doute ramer comme un forçat pour les convaincre.

Ma foi. J'ai eu six mois pour le faire et devinez ? J'ai réussi. Ils se sont tous ralliés à ma cause... Enfin, la cause du petit Mathias, rendons à César...

Pour l'organisation, je dois bien dire qu'on a géré comme des bêtes. À l'heure dite, on était sur le toit de la baraque. On a garé le traîneau là-haut, et on est descendu sur le toit, discrètement.

Lutin 10 m'a passé le cadeau, tandis que Lutins 13 et 19 riaient encore du plan qu'on avait imaginé.

— Ne te coince pas dans le conduit hein, Nico.

— Ne m'appelle pas Nico devant les enfants, Numéro 6...

— Pardon, père Noël... Et gaffe, en bas, ils sont bien torchés !

— Et ce n'est rien à côté de ce qui les attend ! Quelle belle fête pour le petit Mathias !

— Et ne cherche pas le biscuit et le verre de lait, tu n'en trouveras pas...

— Quel dommage ! Les traditions se perdent, c'est moi qui

vous le dis !

On a regardé l'heure, ensemble, et à minuit moins une, je me suis faufilé par le conduit.

Je les entendais, en bas, tous avinés :

— Naaaan, toi tu es un gros con ! Et ta femme c'est une grosse connasse !

— TA GUEULE, qui te permet de parler comme ça à ma salope, toi d'abord ?

— Calmez-vous les couillons, c'est la trêve de Noël ! Ah ah ! Buvez encore allez ! Un peu de gnôle, ça tient au ventre !

— MATHIAAAAAAAAAAAAAAAAAAAAAS ! Apporte la bouteille, tête de nœud !

Le petit trésor était là... Il ne dormait pas, et finalement ce n'était pas plus mal. J'ai passé ma tête par l'âtre... Ce que je voyais n'était pas très réjouissant.

Ils étaient tous assis autour de la table, une dizaine d'adultes avinés, braillards, monstrueux, mangeant avec les doigts de la nourriture grasse et malsaine. Le vieux hurlait :

— VIENS-T-Y que je te fourre comme la dinde, ma grosse ! Ah ah ah !

— Tiens-toi tranquille devant les gamins, papé ! C'est pas des façons !

— Tu vas prendre ta ration de marrons, toi, si tu continues à me les casser ! C'est Noël, gâche donc pas la fête ! C'est la fête des petits nenfants ! Mathiaaaas ! Ça va être ta fête !

Le petit Mathias ne disait rien, il reculait dans le couloir...

— Psss ! Mathias !

Il me regarda avec des yeux grands ouverts, incrédule, un

peu effrayé.

— C'est moi, Mathias, c'est le père Noël ! Tu vas te mettre dans le fond, c'est l'heure de la distribution des cadeaux !

Il recula, docile, sentant qu'il se passait quelque chose de pas tout à fait ordinaire.

Je me dressai alors, avec mon gros sac, devant la tablée des soûlards. La surprise fit son petit effet. Ils me regardaient tous, figés comme des santons de la crèche :

— PUTAIN, c'est qui ce gros ?

— Chais pas, c'est toi, René ?

— Nan, moi chuis là...

— Oh, oh, oh ! Je suis le Papa Noël !

— Et moi je suis le pape ! Dégagez-moi ce connard de vendeur de calendriers ou demain on va lire dans les journaux : « On a tué le père Noël ! », ah ah ah !

— Oh, oh, oh !

Le temps qu'ils réagissent, j'ai eu le temps de sortir la Kalash de mon baluchon.

AI

— Joyeux Noël, Mathias ! Chantai-je, devant leur mine éberluée.

Au ralenti.

Comme dans un film de Tarantino, vous voyez, ils sont tous tombés au ralenti. Deux minutes plus tard, ils étaient tous allongés, les tripes fumantes, la stupeur se lisant encore sur leurs visages morts.

Je me tournai alors vers le petit, qui n'avait pas bougé d'un pouce :

— Voilà, Mathias. J'espère que tu es content ! Alors l'année prochaine, envoie ta lettre en décembre, hein ! Et ce sera un truc un peu plus... conventionnel ! Je ne referai pas ça tous les ans moi. Je commence à être vieux !

Il me fit coucou de la main, en souriant timidement, tandis que j'entamai la remontée du conduit, et ça, croyez-moi, ce n'est jamais une mince affaire ! Une fois revenu au traîneau, j'ai vérifié une dernière fois si je n'avais rien oublié, mais non. J'avais fait du bon travail !

« Cher Père Noël,

Jé réusi a sortir de la maison, donc je veu que pour noel, tous y meure.

Merci je vais i retourner

Sinon c'et encor la rouste »

J'espère que le petit Mathias est content cette année : j'ai suivi sa lettre... à la lettre !

Oh, oh, oh !

Le patron

Il a des rides aux coins des yeux, comme une invitation au rire et au désir. Des épaules larges pour poser la tête, quand on est lasse de la vie. Des fossettes plantées dans les joues, planquées sous une barbe de trois jours, aussi noire que ses yeux sont clairs. Un sourire franc. Une voix d'acteur de cinéma, qu'on aimerait tant qu'elle nous susurre des trucs à l'oreille. Il doit avoir l'âge d'être un bon amant, pas trop jeune ou inexpérimenté, pas trop vieux ou blasé... Lui, c'est le nouveau chef de service, Monsieur Dubois : quarante ans et un salaire à plusieurs zéros.

Deux semaines qu'il est dans la boîte, deux semaines que je l'observe sans qu'il me voie, à la sauvette. Je le regarde depuis tout à l'heure, de mon coin sombre du restaurant, sans honte et sans crainte. Ces réfectoires d'entreprises sont bondés, personne ne remarque personne, alors j'en profite, le plaisir des yeux, ça ne se refuse pas.

Il m'a impressionnée presque immédiatement, dans l'ascenseur, un midi, justement en allant déjeuner. Il est entré tête haute, au 2e étage, avec une fière allure de conquérant et tous se sont écartés, comme si ça allait de soi. Une technique de roi, l'empereur de la prestance, le Gengis Khan de la séduction naturelle. Il ne m'a pas vue, bien évidemment. Il a gardé ses yeux braqués sur son téléphone portable, jusqu'à mon étage, le 19e, service Logistique. Quand je suis sortie, c'est tout juste s'il a levé un sourcil.

Le lendemain, j'ai tenté l'invasion de l'ascenseur façon Gengis-Dubois, mais ça n'a pas marché et j'ai dû m'excuser trois fois avant qu'on me laisse une petite place de rien... Ce n'est pas grave, j'ai l'habitude. Je suis la petite souris qui se tait et que personne ne remarque. À neuf heures tapantes, il était là, au second étage, pour monter dans l'ascenseur. J'étais ravie de le croiser à nouveau. Je me suis rapprochée de lui, j'ai senti son parfum. Il a regardé sa montre trois fois. J'adore les hommes qui respectent les horaires : ils ne vous feront pas attendre des heures sous la pluie.

Il ne te fera jamais attendre sous la pluie, ni lui ni aucun autre... Idiote.

Aucun regret : il y a des gens dont la solitude est le destin. J'en fais partie, et je le sais depuis fort longtemps. C'est comme avoir la peau blanche ou le cheveu roux : on naît seul, et on ne peut rien y changer, jamais. Mon bonheur, c'est de respirer un peu de Dubois dans l'ascenseur, le matin, de le regarder manger, parler, rire, dans le restaurant, à peine à dix mètres de lui. C'est comme s'il était un peu à moi.

Un peu. Mais vraiment très peu, hein.

Alors, je l'observe, telle une groupie ou un peintre observant son modèle. Je prends de temps en temps discrètement un beau cliché avec mon téléphone. Ce soir, je rajouterai trois ou quatre prises à mon dossier spécial Dubois, je pourrai les zoomer et regarder pendant des heures son beau visage, en buvant mon thé et en écoutant « My sweety love », le tube du moment.

Tu es une cruche dans toute sa splendeur.

Aujourd'hui, il a traîné. C'est la première fois qu'il reste aussi longtemps à la cantine. Il bosse, il sort des papiers, des dossiers, il téléphone. Il fouille dans ses poches. Nous ne sommes plus que quelques retardataires et me voilà à découvert. Je range mon portable, et je file à l'anglaise... Je me retourne une dernière fois et son regard se plante dans le mien.

Mince, il t'a vue. Baisse la tête et sauve-toi, avant de lire quelque chose d'inconvenant dans ses yeux moqueurs.

La nuit a été agitée, je n'ai pas beaucoup dormi, j'ai repensé à mon erreur technique, j'ai trop attendu avant de partir. Je ne veux pas qu'il me remarque. Je ne veux pas sentir son mépris, ses moqueries, son indifférence... Je ne dois être rien à défaut d'être tout. Mais je m'inquiète sans doute pour pas grand-chose.

Il t'a regardé comme on regarde le chien.

Ce matin, second étage, il entre en baissant la tête. Ce n'est pas dans ses habitudes. Il doit être malade... Quelque chose le préoccupe. Il se retourne et me vise alors je regarde mes souliers. Mme Simon laisse sa place, elle sort au 12e étage, l'étage des comptables. Puis M. Froideveau s'en va aussi, 13e, c'est l'étage des architectes. Ensuite, tout un groupe quitte l'ascenseur, et personne n'entre.

Ce n'est pas possible, tu es maudite. Fais-toi petite, petite...

Nous voilà seuls, lui, moi, dans l'espace de trois mètres carrés, nous montons sans aucun doute possible vers le 7e ciel. Mon Dieu, faites que je ne tombe pas dans les pommes. Je n'ose plus bouger. Plus que deux étages avec lui, et il repartira dans les limbes de mon imagination... 18, bientôt la délivrance... 18 et demi. Au 19e étage, nos chemins se séparent. Je ne sais pas où il ira sans doute au dernier, l'étage des PDG.

Une main passe sous mon nez. Elle appuie sur le bouton STOP.

Ton cœur s'arrête. Tu vas mourir, là maintenant, tout de suite.

— Mademoiselle ?

Il me parle. À moi. Je me liquéfie sur place. Je n'ai plus de cerveau, je suis incapable de la moindre pensée cohérente. Il pose une main sur mon épaule.

Ce salaud te touche !

— Mademoiselle ? N'ayez pas peur... Je voulais vous

parler...

Me parler ? Mais de quoi ? Mon Dieu, je suis virée c'est ça ? J'ai dépassé les bornes, j'ai pris toutes ses photos, ils vont m'accuser de harcèlement, je finirai ma vie en prison. C'est la panique.

Il saisit mon épaule, me force à me retourner. Je suis face à lui. Liquide. Rouge de honte. Tremblante comme une feuille. Il n'a jamais été aussi proche de moi qu'à cet instant. Mes lunettes doivent être tordues, mon chignon défait. Je tiens mon sac comme si j'étais avec un pickpocket. Je suis...

Ridicule.

— Hé, ça va ?
— Oui, je pense que oui.

Mais je n'en ai pas l'air, sans doute.

De l'air, j'en ai besoin. Impression de suffoquer tout à coup.

— Attendez, on va discuter ailleurs... Ne tombez pas, hein !

Il m'attrape le bras d'une main forte et assurée et appuie sur le bouton de l'autre. L'ascenseur redémarre... Mon 19e étage me passe sous le nez, royal. Me voilà m'envolant vers les cieux avec l'homme de mes rêves...

C'est ça, continue de rêver, bécasse.

À son bras, je traverse les couloirs inconnus comme dans un brouillard.

— Asseyez-vous là. Je vais vous chercher un verre d'eau.

Je suis dans l'antre de mon fantasme. Comment vais-je me sortir de cette situation ? Comment expliquer les dizaines de photos de lui dans mon ordinateur ?

C'était une très mauvaise idée, ces photos, tu vas te faire virer ! Surtout qu'il n'y en a pas que deux ou trois...

Un dossier complet.

— Tenez... buvez. Ça va mieux ?

— Oui, merci... J'ai eu un malaise, je ne sais pas pourquoi.

Si, tu sais, mais tu ne vas pas le répéter. Tais-toi donc, stupide animal.

— Je vous ai fait peur, je crois et je m'en excuse, ce n'était pas mon but !

Je lui fais un pauvre sourire, tandis qu'il s'assoit à côté de moi. Pas en face, pas à son bureau non. À côté. Je bois une gorgée d'eau fraîche... Puis une autre. Il ne se passe rien, il m'observe... Je tente un petit regard en coin.

Vlan ! Entre cupide et Cupidon, ton cœur balance...

Oui, en plein dans mon cœur. Je prends une décharge électrique. Qu'il est beau, même à quelques centimètres...

— Enlevez vos lunettes...

— Pourquoi ?

— Pour que je vous voie.

Parce qu'elles sont si grosses que ça, mes lunettes ? Je ne sais pas pourquoi, mais j'obéis...

— Écoutez, merci pour le verre d'eau, mais j'ai du travail, je suis en retard, je crois...

Je fais mine de me lever, les lunettes dans une main et le verre dans l'autre.

Puis, ça se passe en une seconde : il attrape le verre, le pose sur son bureau, et m'enlace. Je sens son souffle dans mon cou, ses lèvres sur ma peau... Mon Dieu. Je n'ose faire un mouvement de peur de briser ce moment délicieux. Je ferme les yeux.

Arrête de rêver. Il te parle ! Réponds !

— Vous m'écoutez ?

Je me secoue et balaie le songe en un geste ample et relativement idiot. J'arrose mon patron d'un jet d'eau fraîche.

— Oh ! Désolée !

Quelle gourde tu fais...

Pétrifié, il me regarde comme s'il allait me tuer. Son costume est trempé. Veste, pantalon, il a pris la douche. À défaut d'être embrassée dans le cou, je vais me faire renvoyer pour attaque à main armée.

— Ce n'est rien. Ne bougez plus, je reviens.

Il se lève et ferme la porte du bureau à clé. Il me fait un geste du genre : ne vous inquiétez pas, je ferme, mais pas pour vous !

Tu aimerais bien, hein ?

Je le regarde marcher dans son bureau comme un mannequin sur le podium. Il ouvre un placard, et soudain, je n'existe plus. Il enlève sa veste. Il enlève sa chemise. Il enlève son pantalon. Je m'en mets plein les mirettes. Dommage que je sois si près, j'ai bien pris quelques photos... Il est musclé, racé, avec une jolie couleur de peau, genre soleil toute l'année. Je n'ai pas trop le temps d'en voir plus : il se rhabille vite fait avec des vêtements secs. Il se retourne enfin.

À voir la tête que je fais, genre le loup dans Tex Avery, il sourit.

— Le spectacle vous a plu ?

— C'était pas mal, oui...

Mais qu'est-ce que tu racontes, crétine ?

— Alors revenons à nos moutons. Mais par pitié, ne touchez plus à ce verre.

— Je suis virée ?

— Hein ?

— Vous m'avez fait venir ici pour me licencier ?

— Mais non ! Quelle idée...

Je soupire, mais je ne suis pas vraiment rassurée...

— C'est délicat... J'ai un peu peur que vous fassiez un autre malaise.

— Dites toujours qu'on en finisse...

— C'est si horrible que ça d'être avec moi... ?

— Si vous saviez...

— Ah bon ! Et que dois-je savoir ?

Mais ferme-la, bon sang !

— Oh, mais... Pardon, non, ce n'est pas horrible ! Enfin...
Ça n'a rien à voir avec vous ! Allez-y.

— D'accord... Bon, je me lance. Voilà. C'est que... Hum... Je
vous observe depuis quelques jours.

J'ai du mal à comprendre. IL m'observe ?

C'est un voyeur. Comme toi.

— Je sais c'est pas bien du tout, mais je vous ai remarquée
au restaurant... Vous m'observez aussi. J'ai tort ?

Je deviens rouge comme une tomate... Je pensais être
invisible.

T'as des sabots aussi gros que ceux d'une vache dans un
couloir !

— Ah ! Pas de malaise, hein, je n'ai pas d'autre costume de
rechange !

Il rit... Pas moi.

— Vous êtes adorable, vous savez ça ?

C'est une caméra cachée ?

Moi ? « adorable » ? Je me sens mal. Il doit se tromper de
personne, il doit parler à quelqu'un derrière moi, j'en perds
mes lunettes...

— Et sans les lunettes, c'est encore mieux...

Il avance une main... Touche une mèche de mes cheveux...
Je recule de vingt centimètres... Où est le piège ?

— N'ayez pas peur... Je sais qui vous êtes, Mademoiselle...
Élise. 34 ans. Célibataire.

Je le regarde, ébahie.

— Vous vous êtes renseigné sur moi ?

— Je l'ai déjà dit : ce n'est pas bien... Mais comprenez-moi,
ça fait des jours que vous m'observez de loin, tous les midis...
Pas un autre, non, jamais. Seulement moi. Vous m'avez pris en
photo, ou je me trompe ?

— Désolée, je vous promets je vais tout effacer... Ne me
virez pas...

— Arrêtez avec ça, je ne vais pas vous virer !

— Et vous voulez quoi alors ? De l'argent ? J'ai pas...

— Mais vous êtes folle ou bien ? Je veux vous inviter à
dîner !

Si je n'étais pas assise, je serais déjà tombée le cul par
terre... Le verre d'eau est là, je vais pour m'en emparer, mais je
me souviens de ma bourde alors...

Il rit encore. Il est beau à en crever. J'ai l'impression de le
connaître par cœur.

Tu es en train de tomber dans un piège grotesque.

Dans un souffle et avant de changer d'avis, j'expire :

— OUI ! Je veux bien !

— Super... J'ai pensé que vous alliez refuser...

— Oh... Mais peut-être que...

Je me rends compte qu'il ne souhaite peut-être pas

vraiment dîner avec moi, et qu'il me posait la question pour que je refuse.

Tu es assez tordue, il faut bien le dire...

— Vendredi ? Je suis ravi ! Je suis content !
Il se lève et s'installe dans son fauteuil de ministre... Il appuie sur un bouton :
— Aline, tu prends rendez-vous, pour deux, vendredi soir, chez Paul, s'il te plaît ! Merci !
— Quelle heure ?
— 20 heures ? Ça ira 20 heures ?

Réponds, le monsieur te cause.

Il me pose la question à moi... ! Il me pose la question !
— Oui, oui !
— 20 heures ! Merci Aline.
Nous revoilà en tête à tête... Il me sourit... Qu'est-ce que je dois faire ? Me lever ? Le remercier ? Partir ? Aller bosser, oui... C'est une bonne idée ça...
— Je vais partir, je suis en retard...
— Très bien, à plus tard, Élise...
Je me lève... La porte est fermée.
— Ah oui, pardon, je vous délivre.
Je le laisse ouvrir la porte... Quand il se retourne, sourire aux lèvres, tellement grand, tellement beau, et qu'il attrape ma main pour y déposer un baiser, je rougis encore une fois. Et je me sauve en courant.

Je suis rentrée dans mon service, tout émue... La cheffe m'a regardé l'air méchant comme d'habitude :

— Et bien, vous êtes en retard ce matin, une panne de réveil ?

— Oui oui, pardon. Non, je...

Chut, tu vas pas lui raconter ta vie, si ?

La matinée se passe comme dans un rêve, je repense à ces quelques minutes de ce matin et je me dis que j'ai dû rêver... À midi je me dirige vers le réfectoire en priant pour qu'il ne soit pas là...

Il y est. Accompagné de tout un tas de gens importants. Je me cale dans mon coin, bien décidée à ne pas sortir mon téléphone, à ne prendre aucune photo, et à ne pas le regarder. Je fais la morte. Je n'ai pas d'appétit. C'est difficile. Je suis en manque. Je suis addict. Je suis de plus en plus nerveuse. J'essaie de me planquer un peu derrière les gens, mais il doit m'observer... J'ose un regard : ouf il est parti.

— J'ai pas pu m'empêcher de venir vous faire un coucou.

Si je ne l'ai pas vu à sa table, c'est qu'il était à la mienne... Le revoilà à côté de moi, à quelques centimètres.

— Vous allez bien ? Pas de photos avec votre joli téléphone, aujourd'hui ?

Il rit encore. Il doit me trouver d'une crétinerie sans fond...

— Il est en panne...

Je tapote mon sac avec le doigt. Évidemment, c'est à ce moment-là que l'engin qui se trouve à l'intérieur se met à sonner...

Tu n'en rates pas une, ma pauvre...

— Ah oui, en panne...

Il ricane. Je sors le téléphone de mon sac et je l'éteins d'un geste brusque...

— Ne vous inquiétez pas, c'est plutôt touchant d'être le centre des attentions d'une jeune femme...

— Je ne voulais pas être une harceleuse ou quelque chose de ce genre, croyez-moi...

Il réfléchit.

— Je sais... Vous pourriez bien continuer à me prendre en photo pendant des années, comme une pauvre fille solitaire et me regarder seule dans le noir, au fond de votre appartement, Élise. Mais j'ai décidé d'intervenir...

Il vient de te mettre une bonne gifle, non ?

Je me liquéfie sur place... J'ai presque envie de pleurer tellement le portrait qu'il dresse de moi est cruel. Et vrai.

— Je suis désolée, encore une fois, je ne voulais pas...

— Chut, ne dites rien...

Il prend ma main... Bon sang, ma main froide dans ses deux grandes paumes toutes chaudes... Ça me fait un effet d'enfer... J'ai un frisson dans tout le corps. Il me regarde avec de la tendresse... Ce petit grain de douceur qui fait que je ne m'enfuis pas à toutes jambes... Il sourit.

— On en reparle vendredi... Passez une bonne fin de

journée Élise... Je vous contacte rapidement.

Il s'en va et sort du restaurant, accompagné d'une bande d'hommes d'affaires, affairés, qui me jettent des regards plein de curiosité.

La journée s'est passée, comme ci comme ça, j'ai oublié, je me suis souvenue. Je me dis qu'attendre vendredi, ça va être difficile... Je me rends compte que je ne connais pas son prénom.

Une fois chez moi, je prends un bain. J'ai la tête pleine de lui, plein de sa voix, plein de ses mains et de son regard... J'allume mon PC, je passe en revue mes mails... Et c'est le énième choc de la journée. Il m'a écrit :

« Élise,
Je pense à vous depuis ce matin. À votre odeur. À vos cheveux. Je crois que je suis dingue de vous.

On peut en parler sur MSN. Connectez-vous.
Je vous attends. Mon pseudo est Charly421.
Charles. »

Respire, ma fille.

J'ai le souffle coupé... J'ai mal au bide, je transpire... Je me connecte. Sur le chat MSN, une fenêtre s'ouvre...

Demande de contact : Charly421.

Approuver : OUI/NON ?

Je clique sur le oui. Une seconde fenêtre apparaît, il m'attendait vraiment :

— Bonsoir, Élise.

— Bonsoir.

— Je suis ravi de vous retrouver.

— Moi aussi, Monsieur Dubois.

— Appelez-moi Charles, on n'est pas au bureau...

— C'est vrai.

— Alors, expliquez-moi... Ça sera plus facile ici que de vive voix, je pense.

— Expliquer quoi ?

— Pourquoi moi ?

Pourquoi lui... Bonne question.

— Je ne sais pas. Honnêtement vous êtes un fantasme vivant pour bien des femmes, au bureau... Je ne suis pas la seule à vous regarder en douce, Monsieur Dubois.

— Arrêtez avec votre "monsieur".

— Pardon.

— Arrêtez de dire pardon.

— Pardon.

— : D

—- :)

— Vous êtes belle quand vous souriez...

— Et sinon, je suis moche.

— Non ! Je n'ai pas dit ça. Vous êtes encore PLUS belle quand vous souriez. Pardon.

— Ne dites pas de bêtises, Charles.

— Un fantasme vivant a tous les droits.

— C'est le patron qui a tous les droits.

— : (

Quelle idiote tu es ! Ne dis jamais ce que tu penses vraiment.

— On va régler le truc du patron tout de suite. OK ? Stop avec ça !

— Pardon !

— Vous êtes pas croyable !

— Je sais.

— C'est pour ça que vous me plaisez. Patron ou pas patron. Respirez un coup, Élise, et dites-moi ce que je veux entendre...

J'ai le cœur qui flanche, mais je me lance, complètement dingue.

— Venez chez moi, Charles, maintenant : 4 avenue des remparts. Deuxième étage, gauche. Je vous attends.

Je ferme MSN. Je ne veux même pas voir la réponse... Je n'ai rien prévu, rien planifié, c'est le souk dans mon appart, mais je m'en fous, je suis relax...

Parce que tu sais qu'il ne viendra pas. Il joue.

Non.

Il joue au patron qui s'amuse à séduire la plus cloche de ses employées.

Non.

Il va se dégonfler. Il a fait un pari, il n'ira pas plus loin...

Non.

À moins qu'il ait parié qu'il coucherait avec toi avant la fin de la semaine ?

Non !

Enfin... C'est possible, mais c'est tellement risqué pour lui... Ou est-ce moi qui risque quelque chose ? Je ne sais plus... Je suis en train de me torturer les méninges quand la sonnette retentit.

Il est là, gourdasse !

C'est pas lui, c'est pas possible, je suis pas habillée, démaquillée, c'est le bordel sur mon canapé, je suis foutue. Panique à bord ! Il tape... Je vais ouvrir, quand il va voir le truc, il va partir en courant.

Allons-y, débarrassons-nous de l'histoire une bonne fois pour toutes. Tu vas baiser le patron.

J'ouvre. Il est habillé avec un jean et un T-shirt, c'est bien la première fois que je le vois comme ça. Il se passe la main dans les cheveux, et sourit. Il a l'air normal. Timide, gentil et normal.

C'est un leurre.

— Je peux entrer ou vous m'avez invité seulement dans le hall de l'immeuble ?
— Pardon, oui, entrez... Excusez le désordre, j'ai pas eu le temps.
— M'en tape royal du désordre.
— C'est vrai ? Vous voulez boire quelque chose ?

— Non.

— Vous voulez manger ?

— Non, Élise… Vous m'avez appelé, me voilà. Tout cru.

— C'est ce que vous vouliez entendre ?

— Oui. Je vous veux, vous.

— Toute crue ?

Il m'attrape. Je me laisse faire. Il m'embrasse dans le cou comme dans mon rêve.

C'est un leurre !

— La chambre, c'est par là ?

— Oui… Au fond.

Je ne respire plus, je suis aspirée. Il m'arrache le peu de vêtements que je porte, alors je fais pareil avec les siens. Son T-shirt vole, je me bats un peu avec sa ceinture… Il bataille avec mon soutien-gorge. Il m'attrape alors le visage dans ses mains…

— On a oublié de s'embrasser, Élise…

— Embrassez-moi, alors…

C'est tendre, c'est profond, c'est divin… Sa langue aspire mon âme et c'est comme si je me diluais en lui… C'est un vampire du baiser.

Tu ne peux pas tomber amoureuse d'un leurre !

Je sais que ça ne durera pas.

C'est le patron, il est venu là pour baiser la petite secrétaire moche et sans intérêt...

Je sais.

C'est pas ton monde.

Je sais.

Tu sais ce qu'il te reste à faire.

Ses mains pianotent sur mon corps... Sur la peau de mes bras... L'intérieur de mes cuisses...

C'est le patron, il s'amuse.

Sa langue s'attarde sur mon mamelon et c'est une explosion de plaisir intense...

C'est le patron, il prend son pied avec ton corps, pas avec toi.

TAIS-TOI !

Après il te jettera comme un vieux préservatif.

TA GUEULE !

Il descend le long de mon ventre, j'attrape ses cheveux à pleine poigne, j'ouvre mes cuisses et il prend ses quartiers dans mon intimité, fouinant le moindre de ses replis. J'ai un cri qui monte tandis qu'il aspire et suce ce qu'il faut quand il faut, gourmand.

C'est le patron qui te baise.

Il est en train de me faire jouir, comme on ne l'a jamais encore fait. Ça fait tellement longtemps que je n'ai pas fait l'amour...

Depuis ce salaud de Gabriel en terminale.

... Que j'ai l'impression d'être vierge. Je râle comme si l'on me tuait. Il me tue. La violence de l'orgasme est telle que je le rejette brusquement, pour le ressaisir dans mes bras aussitôt. Il me regarde en souriant.

C'est le patron qui te baise, ma jolie.

Mais en même temps...

C'est toi qui baises le patron.

Je baise le patron et il a l'air d'aimer ça. Je me hisse sur lui, et il rentre en moi comme dans une motte de beurre. Je monte et je descends doucement, tandis que ses joues deviennent rouges de plaisir... Il me prend les mains, puis m'attire à lui et me serre fort.
— Élise...

Je continue mon mouvement, je le sens prêt à jouir.

— Élise, je t'...

Tandis qu'il éjacule en moi en plusieurs jets successifs, je tranche sa jugulaire d'un coup vif et assuré.

Parce qu'à la fin, c'est toujours moi

qui baise le patron.

Autres ouvrages

-La Femme qui tua Stephen King
-Série Irma&Adriel :
-La Baie des Morts
-Orisha Song
-Série De l'Amour
-De l'Amour comme s'il en pleuvait
-De l'Amour et des Anges
-La Maison de poupées

Contact

Page Amazon :
https://www.amazon.fr/Azel-Bury/e/B00OORFO6U

Site internet :
http://www.azelbury.org

Page facebook : https://www.facebook.com/azelbury/

Mail: azelbury@gmail.com

Nouvelles